CADA VEZ MÁS IGUALES

Valencia Escribe

2020

PRÓLOGO
El largo camino hacia la igualdad

Desde hace varios años, el colectivo literario Valencia Escribe, fundado por Lucrecia Hoyos, viene publicando un libro temático, compuesto de relatos de varios de los autores que formamos parte de él, elegidos a través de concurso convocado al efecto. Y ni una pandemia ha podido evitarlo, aunque se nos hayan trastocado los tiempos. Y es que nos adaptamos al bicho, pero no somos inmunes a él.

El libro que hoy presentamos se gestó y nació antes del coronavirus. Antes, incluso, de que nos pudiéramos imaginar la que se nos venía encima. Por eso, que nadie busque ni la más mínima referencia, que no la hay.

El propósito de este libro es, como proponía quien fue uno de sus más activos miembros, Rafa Sastre, saldar una especie de deuda social en el contenido de nuestras obras, hasta ahora centradas en otros temas, por más que lo social impregnara muchos de nuestros relatos. La idea germinó enseguida. Nada más social, ni más lleno de posibilidades que la igualdad, esa quimera que algún día debe dejar de serlo para convertirse en realidad. Y es precisamente el camino para alcanzarla lo que da lugar al título y al espíritu de este libro: el largo camino para alcanzar la igualdad.

El libro, como todos los de Valencia Escribe, se divide en varios capítulos, que desglosan en nuestro caso las facetas de la igualdad. Hemos abordado la igualdad entre hombres y mujeres, la igualdad sin perjuicio de la orientación sexual, del origen, de la clase social o de las distintas capacidades de las personas. En definitiva, todas las facetas de una misma figura que cada cual ha interpretado de un modo diferente. Y es que lo único más grande que la imaginación de quien escribe, es la imaginación de quien lee. Por eso os invitamos a sumergiros en nuestra carrera literaria hacia la igualdad.

Cada vez más iguales nació en un mundo sin mascarillas y sería fantástico poderlo presentar en un mundo sin mascarillas también, porque ya todo hubiera acabado. Habrá que esperar a los acontecimientos, aunque no a la lectura. Eso nunca.

Susana Gisbert Grifo
Valencia, agosto 2020

ÍNDICE

Capítulo I
CADA VEZ MÁS IGUALES EN GÉNERO

Alas de cristal

Marta Navarro

¿Qué saben los sueños de límites?

A.E.

«Las damas no saltan rejas, niña». La voz de la abuela Mary tronó con severidad en su cabeza y lo inoportuno del recuerdo la hizo sonreír. «¡Pobre abuela!», pensó mientras se inclinaba levemente hacia la izquierda para mirar por la ventanilla, «¡si pudiera verme ahora...!». El cielo estaba sereno y cuajado de estrellas. Pronto amanecería. Contempló el inmenso espacio que tenía frente a sí y un sentimiento de grandeza y libertad se adueñó de su espíritu. Todo en torno a ella era vacío y silencio, aislada por completo como estaba del ruido y la vanidad; ajena a un mundo que la adoraba, que tenía del todo rendido a su valor, a su inteligencia, a su encanto; frágil excepción de un tiempo —tiempo de hombres— que con feroz intransigencia rechazaba esa independencia por la que algunas mujeres tanto habían luchado para sin compasión reducirla a triste objeto de burla.

Pero por algún motivo ella lo había logrado. Demostrar a ese mundo ingrato su valía había sido siempre su obsesión y lo había logrado. Un incontrolable anhelo de aventura latía en su corazón, tóxico como un veneno: ir donde nadie había ido, hacer lo que nadie había hecho. Sin importar el riesgo. Sin importar el precio.

El parpadeo intermitente de una alarma en el panel de control deshiló el curso de sus pensamientos y la trajo de vuelta a la realidad. El combustible se agotaba con rapidez y el islote donde debía repostar antes de alcanzar Australia aún no aparecía. Conectó con inquietud el micrófono del radiotransmisor e intentó contactar con el *Itasca*, el viejo guardacostas que había de guiarla en la operación de aterrizaje:

—Altitud trescientos metros. Volando norte-sur. Determinen posición.

— ...

—*Electra* volando norte-sur. Repito: determinen posición.

El silencio al otro lado de la radio resultaba atronador. Se había desviado de su rumbo, ninguna frecuencia emitía señal y no hallaba referencia que pudiera orientarla.

Perdida entre el azul (tan oscuro a esa hora todavía muy temprana) del cielo y el océano, una mezcla de miedo y de placer se apoderó de ella. El futuro no existía. Solo el vuelo. Y la gloria. Y la alegría del aviador.

Circunnavegar el mundo a través del Ecuador era algo que nadie, ni mujer ni hombre, había intentado jamás. California, Florida, Puerto Rico, Venezuela, África, el Mar Rojo, Pakistán, Birmania, Indonesia... Había recorrido ya más de treinta y cinco mil kilómetros. Apenas restaban otros doce mil, un par de etapas, poco más. Casi rozaba el triunfo. Estaba a su alcance. Lo tenía tan cerca...

El amanecer la sorprendió con su caleidoscopio de colores y cambios de luz mientras a lo lejos se formaba una tormenta. Un denso banco de nubes grises e ingrávidas flotaba en el horizonte y corría veloz hacia ella.

Insistió de nuevo:

—*Electra* volando hacia Howland Island. Combustible agotado. ¿Pueden oírme?

—...

—¡¿Puede alguien oírme?!

Una sonrisa triste, un raro gesto mitad insolencia mitad desamparo, asomó a sus labios. Había intentado lo imposible y había perdido. No se arrepentía. La aviación había sido siempre su pasión, una experiencia única, romántica, trascendente; un afán que la atravesó como un flechazo y marcó sin remedio el rumbo de su vida. Preparada en todo momento para lo imprevisto, acostumbrada a lo inesperado, coqueteaba sin escrúpulos, día tras día, con el riesgo y la aventura. Era feliz. Y si atreverse significaba morir, entonces moriría.

«No, las damas no saltan rejas, abuela», musitó mientras el *Electra* se desvanecía despacio entre la niebla, «atraviesan océanos, ganan mundos y conquistan cielos».

En algún lugar del Pacífico, una mañana de julio de 1937, la reina de las nubes, Amelia Earhart, se adentraba entre las brumas del enigma y la leyenda. Aún arrastra el viento la huella de su estela. Y su nombre silba con el alba a las estrellas.

Como Dios manda

Susana Gisbert

—¿Puedo, madre? ¿Puedo?

— Mientras no se entere padre y no descuides tus obligaciones, haz lo que te venga en gana. Pero yo no quiero saber nada. ¿Está claro?

Se fue a su cuarto dando saltos de alegría. Al final convenció a su madre, aunque le costó mucho. Pero mereció la pena. A partir de ese momento, podría ponerse en marcha para cumplir su sueño.

Quería ser maestra. Le encantaba estudiar y enseñar lo que había aprendido. Era, además, el modo perfecto de esquivar el futuro que le esperaba, ese futuro que habían diseñado para ella.

Sus padres eran granjeros, como casi todos en el pueblo. No tenían más idea en la cabeza que la de que su hija les ayudara con las faenas de la casa hasta que la casaran con un buen hombre, y que el chico se hiciera cargo de la granja. Era una pena que el destino se hubiera burlado de ellos y les hubiera caído en suerte una chica lista y organizada, y un chico que era un zoquete, que pasaba las horas entre la calle y la taberna. Confiaban en que con el tiempo sentarían la cabeza aunque, si era difícil en el caso de él, en el de ella lo era todavía más. Pocas niñas sentían tan poca inclinación por los quehaceres de la casa.

Fue la maestra del pueblo la que le dio la idea en el mismo momento en que sus padres decidieron que abandonara la escuela. Ella la prepararía en su casa para ser maestra. Era inteligente y aplicada y conseguiría sacarse el título, estaba segura.

No se equivocó y, una vez consiguió el permiso de su madre —o que, al menos, hiciera la vista gorda— se aplicó como nunca había visto la maestra aplicarse a nadie.

Cumplió su sueño. Pocos años después de aquella conversación, firmaba su contrato. Sería la maestra del pueblo vecino. Tendría su trabajo, su sueldo y su casa propia y, aunque las condiciones eran entre injustas y ridículas, las asumió con alegría. ¿Qué más le daba a ella llevar doble enagua, no andar con varones, no teñirse el pelo ni vestir de colores brillantes, ni toda esa sarta de tontadas? Era libre.

Su padre, sin embargo, sintió que la situación se le había ido de madre. Cuando la niña se plantó con la maleta en una mano y el título en la otra, gritó que había dejado de ser su hija. Pero fue la madre quien pagó la osadía. Le dio tal paliza que casi no lo cuenta aunque no le importó demasiado. Unos cuantos huesos rotos eran un precio asumible a cambio de la libertad de su hija.

Él no pensaba igual. Le avergonzaba que la niña anduviera por ahí como una cualquiera en vez de estar en la granja como Dios manda. Además, le vendría muy bien casarla con el panadero, que había enviudado. Así lograría un dinerito extra para salvar el desastre al que le habían llevado las deudas de su hijo.

Cuando llegó aquel inspector y le pidió que le mostrara las instalaciones, ella no sospechó nada. Pero la sangre se le heló en las venas cuando vio lo que había en su cajón. No dudó ni un instante en saber cómo había llegado hasta allí.

La barra de labios que encontraron en su pupitre fue suficiente para su despido fulminante como maestra. Su contrato, fechado en el año 1923, le prohibía, entre otras muchas cosas, maquillarse. Era el fin.

Regresó a casa de sus padres con la cabeza alta, pero no les miró a la cara. Su madre solo pudo pedirle perdón con una mirada triste de su ojo sano. Descubrió el plan cuando él recibió en paquete postal la barra de carmín, pero no pudo impedir que lo ejecutara.

Apenas llevaba un día de vuelta cuando su padre la encontró en la cama con el cuchillo de la matanza clavado en el abdomen. A su alrededor, un charco de sangre tan roja como el carmín con el que se había pintado los labios por primera y última vez en su vida.

Su venganza no acabó ahí. Su padre hubo de soportar un entierro clandestino fuera del cementerio, con el reproche y las lágrimas de su esposa como única compañía.

Tuvo en su muerte la libertad que le negaron en su vida. Las suicidas no pueden tener sepultura en suelo santo.

Compañeros

Marina Cruz

«Deben saber que en este colegio todo es mixto. Antes de que lo pregunten, les diré que los baños también. Creemos que si desde los dos tiernos años aprenden a compartir los espacios, verán al otro como un igual sin importar si es niña o niño».

Almudena acostó a la pequeña; al mirar sus ojos negros como noche sin luna, vio en ellos los de Federico. Cuando terminó de leer el cuento, la niña ya estaba dormida. Entonces se dejó llevar por los recuerdos. Tiempo atrás, dedicada al oficio de soldador, se sintió molesta por las miradas inquisitivas que se dirigían entre sí y a ella los compañeros del trabajo al compartir vestuario. Cuando por fin la integraron al grupo, le dijeron que no comprendían el porqué de no habilitarle un pequeño lugar exclusivo. Seguro que se trataba de un fallo en la logística.

Cuando contrataron como aprendiz a Federico, muchacho imponente cual montaña y de mirada dulce, la asignaron para enseñarle la práctica de un oficio que él conocía, pero sólo a través de los centros de capacitación. Las manos del joven la sorprendieron por su agilidad; había considerado que, al ser tan grandes, estarían destinadas a la torpeza. Este sería sólo el inicio de una serie de acontecimientos en cascada. Igual que el sol sabe abrirse paso entre las nubes para llegar a la tierra,

Federico supo llegar a Almudena; y ella, retrocediendo en su edad biológica, se enamoró de él como una chiquilina.

Durante los primeros cinco años de convivencia se entregaron el uno al otro sin pensar en nada más; pero como el amor siempre puja por dar frutos, en ellos creció el deseo de tener un bebé. Entonces se casaron. Lo hicieron sólo por el futuro hijo. La verdadera unión se hallaba en compartirlo todo.

Les costó «quedar embarazados», como solían decir. Ya habían culminado los pasos previos para la fertilización asistida, cuando se produjo el milagro; sin necesidad de ayuda pudieron concebir. Todos los compañeros festejaron la noticia.

Una mañana, tormentosa por los vómitos propios del embarazo, Almudena se quedó en cama y Federico se dirigió solo al trabajo. Ese día hubo un accidente a causa de una falta en la seguridad, reclamada cansadas veces por los empleados, y el futuro padre murió. La empresa intentó tapar su negligencia ofreciéndoles fuertes sobornos; al no encontrarse la esposa en la jornada del incidente se podía llegar a un arreglo. Los trabajadores, pese a la posibilidad de hacerse con un dinero que pondría a salvo de cualquier inconveniente a sus familias, decidieron que no podían fallarle a la compañera. En una unidad sin fisuras se presentaron a las muchas y diferentes instancias judiciales que se llevaron a cabo.

Igual que los ríos salpican de agua a las plantas cercanas permitiéndoles dar flor, esos varones lograron que en la futura madre se mantuviera el ánimo fresco. Iluminaban su rostro con las sonrisas que le arrancaban los pleitos que mantenían por querer acompañarla a la obstetra, por estar presentes en las ecografías y por decidir quién asistiría al parto; terminaron echándolo a suertes. Al encontrarse la familia de Almudena en otro país, esta ayuda fue fundamental. Cuando llegó el gran momento, el elegido para estar presente lo filmó y diez hombres posaron para la primera foto que le sacaron a la bebita en el cuarto del hospital. Pasadas las vacaciones por maternidad, en las horas que la madre trabajaba ellos se turnaban para cuidar a la pequeña.

Los tiempos habían cambiado, pensaba Almudena repasando los acontecimientos; así que cómo no anotar a la niña en ese colegio mixto en todo.

Con levita y sombrero de copa

Vicente Carreño

Cuando empecé a publicar libros mi abuelo me propuso que investigase a nuestros antepasados. «Hay personajes muy interesantes —me dijo—. Yo guardo muchos documentos antiguos, entre ellos el diario de mi abuelo. Se llamaba Eduardo Atienza y se licenció en Derecho en la Universidad de Madrid en 1847». No me interesaban sus batallitas ni aquellos antepasados que se remontaban al siglo XIX. Yo era joven y tenía mil historias que contar sin recurrir a sus polvorientos archivos.

Mi abuelo murió en 1964 y mi padre se hizo cargo de sus papeles. Llenó una habitación de la casa con su biblioteca y sus numerosos cachivaches. Yo no había entrado allí hasta que heredé la vieja casona familiar. Un infarto fulminante se llevó a mi padre, que también era licenciado en Derecho. Yo rompí la tradición para hacerme periodista.

Me metí en la habitación decidido a analizar lo que hubiera, los años habían tranquilizado mi espíritu y el pasado estaba empezando a interesarme. Mi padre era un hombre meticuloso y tenía carpetas que permitían seguir el rastro de la genealogía. Un nombre destacaba entre todos: Eduardo Atienza, mi tatarabuelo. «Este era el antepasado tan ilustre del que tanto me hablaban», pensé.

Dentro de la carpeta con su nombre estaba su diario.

«Llegué en 1842 a la Universidad de Madrid, que con la llegada de Isabel II al trono se había trasladado a la capital desde Alcalá de Henares, donde llevaba desde los tiempos del Cardenal Cisneros. Yo era un jovencito liberal, ansioso de conocimientos y decidido a conseguir la licenciatura en Derecho. En aquella facultad en la calle San Bernardo conocí a un personaje singular, un compañero silencioso que siempre se colocaba a mi lado, como si yo le diese confianza. Tenía el pelo corto, vestía una levita negra y un sombrero de copa. Traté de entablar conversación con él pero nunca lo conseguí. Rehuía a todo el mundo. Cuando acababa las clases salía disparado como si le persiguiesen las furias del averno. Su presencia pasó desapercibida, era una sombra huidiza. Tardaron meses los compañeros en fijarse en el chico del sombrero de copa. Un día uno de ellos me preguntó:

—¿No has notado nada extraño en el chico que se sienta a tu lado?

—Es muy retraído y no quiere tener contacto con nadie. Cuando le hablo ni me contesta.

—¿Te parece normal?

—Le interesan solo los estudios. Cada uno tiene su forma de ser.

—Yo creo que no es un hombre.

—¿Cómo dices?

—Es una mujer.

El rumor se extendió por la facultad hasta llegar al rector, que una tarde se presentó en el aula y se dirigió al chico que estaba a mi lado.

—Tiene que acompañarme.

Se descubrió que era una mujer, y que se había cortado el pelo y puesto pantalones para acudir a clase. Las mujeres tenían prohibido estudiar en la universidad. Aquella mujer singular se enfrentó al rector, pidió que la sometieran a un examen para poder demostrar que tenía más conocimientos que la mayoría de los estudiantes. Pasó el examen y el rector aceptó que volviese a las clases pero con condiciones. A partir de aquel día cuando llegaba un bedel la acompañaba a un cuarto en el que se mantenía sola hasta que el profesor de la materia la recogía para llevarla al aula. Ella se debía sentar en un lugar distante de los demás.

Una tarde coincidí con ella cuando llegaba a la universidad.

—Somos compañeros y ni siquiera sé tu nombre —le dije.

—Me llamo Concepción Arenal —me respondió.»

Cuando leí el nombre di un respingo. Aquel tatarabuelo, Eduardo Atienza, fue compañero de la primera mujer que estuvo en la Universidad española, aunque fuera de oyente y vestida de hombre. Ella abrió el camino. Elena Maseras fue en 1872 la primera mujer en matricularse en Medicina en la Universidad de Barcelona con una autorización del rey Amadeo de Saboya. Ni tuvo que cortarse el pelo ni disfrazarse. Entre 1889 y 1910 treinta y seis mujeres consiguieron licenciaturas universitarias en España con durísimos esfuerzos. Solo a partir del 8 de marzo de 1910 la mujer fue libre para matricularse. En 1998 por primera vez había más mujeres que hombres en la Universidad española. La compañera de mi tatarabuelo, Concepción Arenal, abrió la puerta y ya nadie pudo cerrarla.

Esos hombres invisibles

Lu Hoyos

Mi tía Fuencisla se convirtió en la protagonista de uno de mis cuentos. Eso puede parecer normal así leído, si no fuera por el hecho, incontestable, de que hará diez años que lo escribí, y que no lo imaginé pensando en ella. Tampoco me consta que haya tenido acceso a su lectura. Lo único que me queda por pensar es en los caprichosos designios del azar, o que yo posea alguna suerte de dotes adivinatorias.

Lo cierto es que en mi historia solo había una anciana que soñaba, a punto de cumplir los cien años, con banquetes: grandes mesas con manteles de hilo, vajilla de porcelana, cubiertos de plata, cristalería de Bohemia, exquisitos manjares como, por ejemplo, perdices encebolladas; y vinos de las mejores bodegas. Se impacientaba al ver que sus invitados no llegaban. El último aliento la sorprendía en medio de estos preparativos, con lo cual concluía mi narrador, que todo lo sabe, que su final había sido harto placentero.

Pero volvamos a la realidad, tomemos nota de las grandes diferencias, no obstante las similitudes que podemos apreciar. La primera es que mi tía tiene solo noventa años y espero que aún le queden al menos diez más para seguir preparando ágapes. La segunda es la importancia de mi primo Carlos en la narración. Carlos es Catedrático de Física Molecular. Es un hombre muy ocupado, pero ya sea por afinidad de caracteres o por debilidad hacia la tía Fuen, iba todas las tardes a verla cuando acababa su trabajo desde que ella enviudó. También comían juntos los miércoles. Se dejaba mimar por ella, que le cocinaba sus platos preferidos, esos de cuchara y sabor antiguo. Ambos se iban narrando la vida. Mi tía, solitaria y aburrida en su enorme casa, siempre impecable a punto de la visita más exigente, se centraba en su juventud en el pueblo y en la gente que allí conoció.

El caso es que hace un mes, Carlos se la encontró muy afanosa preparando la mesa grande del comedor con todas sus extensiones. Había puesto su mejor mantel, la vajilla de la boda, que solo lucía en contadas ocasiones, y toda la parafernalia de tesoros que tenía para poner una mesa digna del mejor banquete.

En la cocina había un desbarajuste de ollas al fuego bullendo con exquisitos aromas, la bancada estaba llena de platos con los entrantes fríos que estaba a punto de llevar a la mesa. Era una experta en hacer compras por teléfono desde que su movilidad se había visto algo reducida a causa de una caída.

El pobre no sabía si reír o llorar, mientras ella le encargaba varias tareas a la vez para que la ayudara con los últimos preparativos, «los invitados están a punto de llegar», le urgía.

No sé muy bien cómo consiguió convencerla de que no había tales invitados, cómo de que cenara algo ni cómo la ayudó a que se metiera en la cama.

Cuando al fin se quedó dormida, la emprendió con la recogida del convite, que no pudo ni probar, pues la congoja le había embrollado el estómago. Llamó a su mujer para advertirla de que se quedaba a pasar allí la noche.

Al día siguiente, le sirvió el desayuno y la metió en la ducha. La vistió luego con la ropa que ella le indicó, siempre ha sido una mujer muy presumida. «Tengo que ir a la peluquería, se me ven ya las raíces», le dijo. Le contestó que iba a pedir hora, aprovechó para llamar a la facultad para avisar de que no podía ir, que ya formalizaría un permiso más tarde. No la ha dejado sola en varias semanas. La lleva al médico, la cuida, duerme en la cama al lado de la suya porque ella tiene miedo. La abraza para calmarla. Le cuenta una y otra vez las historias del pueblo, que ella ahora ha olvidado.

A mi tía la vida no le dio hijos, pero la compensó con numerosos sobrinos de ambos sexos, pero él es especial, un hombre inteligente y lleno de sensibilidad, que la adora.

Ahora la acompaña una mujer de Bolivia día y noche. La tía Fuen siempre ha sostenido que no quería «testigos pagados», pero Clotilde, que así se llama, ha acertado de pleno. Se pasan los días preparando listas de invitados y de menús apropiados para cada ocasión. Hasta han incorporado platos de Cochabamba. Está encantada y Carlos ha podido reincorporarse a su trabajo.

Gemelos

Pilar Alejos Martínez

Llegaron con la luz del amanecer, abrazados cara a cara, una hermosa mañana de primavera. Fueron el regalo que tanto tiempo habían deseado. «Son como dos gotas de agua», dijeron al ver sus rosadas caritas. A él lo llamaron Alberto, como papá; a ella, Julia, como mamá.

Les costó mucho separarlos. Cada uno pasó a ocupar su lugar en la cuna que le habían preparado, pero tras muchas noches de echarse mucho de menos, de llorar sin parar, se dieron por vencidos. Para reconocerlos, a Alberto lo vistieron de azul y a Julia de rosa. A partir de ese momento, dejaron de ser uno y empezaron a ser diferentes.

Su primer año de vida transcurrió con placidez, compartiendo juegos, abrazos, cariños y besos, pero todo cambió en cuanto dejaron de gatear y dieron sus primeros pasos. Los domingos, papá se llevaba a Alberto al fútbol mientras que Julia siempre se quedaba en casa con mamá. Aquello despertó en él sus ganas de dar patadas tras un balón y sus preferencias a la hora de divertirse diferían cada vez más de las de su hermana.

Con los años, fueron más evidentes las diferencias de trato entre los dos. Sus padres decidieron que Alberto estudiara una carrera para que lograra un buen empleo y que Julia dejara de estudiar. Mamá le enseñó a hacer las tareas de casa, tal y como lo hizo la suya con ella. La preparó para ser una buena madre y una esposa perfecta. No les importó que Alberto fuera un perfecto zoquete y que Julia fuera la más brillante de su clase.

Los intereses de Alberto siempre fueron otros: las juergas, las mujeres, el juego y la buena vida, por lo que tardó años en finalizar sus estudios. Dado su carácter irresponsable y su triste expediente académico, no le fue fácil encontrar trabajo.

Julia obedeció sus deseos sin rechistar. Nadie le preguntó nunca cuáles eran sus sueños. Siguió leyendo a escondidas todo lo que caía en sus manos, incluso los libros que su hermano tanto despreciaba. Sabía que las enseñanzas de su madre no la harían feliz ni independiente. Aunque la habían educado para guardar silencio, fue atesorando en su interior sentimientos de rebeldía.

Cuando Alberto encontró empleo, buscó una buena mujer con la que sentar la cabeza, se casó y formó una familia. O, al menos, eso les hizo creer a todos. Julia se enamoró del primer hombre que le prometió la luna y las estrellas. Pensó que a su lado sería libre, que podría ser la que siempre había deseado en secreto.

Alberto no tardó en inundar su alma en alcohol y descargó su frustración con los que le querían. Sus abrazos se convirtieron en prisión y sus manos en armas cobardes. Acabó siendo condenado por maltratador y durmiendo en la calle.

Julia se quedó embarazada sin querer y amaneció con sus sueños rotos. Cuando supo que en su vientre crecían gemelos, niño y niña, desapareció su decepción. Mientras esperaba su llegada, imaginó un futuro distinto para ellos. Soñaba con poder ofrecerles un mundo mejor. Por ellos lucharía para cambiar las cosas. Merecían ser iguales para elegir, para que nadie los tratara de un modo diferente.

Desde que nacieron, fueron educados en igualdad. Se enfrentó a todos y a todo. Sabía que la educación no era responsabilidad exclusiva del colegio, que empezaba en casa. Así, solo ellos podrían decidir su destino. Nunca serían excluidos por ninguna causa que no fuera objetiva. Todo dependería de sus capacidades y no de su género ni del color de su vestido.

Ella sembró la semilla de la igualdad para que dejara de ser un sueño.

Girls can do anything

María Gracia Scelfo

Marga va a ver a su abuela. Lleva una camiseta donde está escrita la frase «*Girls can do anything*», y le habla de su satisfacción por haberse licenciado en física.

—Abuela, ¿te lo puedes creer? Las mujeres podemos hacerlo todo, igual que los hombres. Por fin he logrado estudiar y terminar una carrera donde se matriculaban casi exclusivamente chicos. Al principio me miraban con desconfianza, me lo han puesto muy difícil. Me llamaban «guapa» y me decían «vente conmigo, vamos a disfrutar, esta no es una facultad para mujeres». Luego cambiaron de opinión cuando vieron que entendía todo igual que ellos y conseguía los mismos resultados, incluso a veces mejores. Poco a poco empezaron a respetarme admitiéndome en sus conversaciones, en sus reuniones. He trabajado como ellos y siempre he sacado muy buenas notas.

—Hija, me alegro mucho por ti, y supongo que llevas esta camiseta porque te encanta presumir de que las mujeres somos tan capaces como los hombres. Hoy tenéis muchas oportunidades. Cuando yo era joven no podíamos ni siquiera decidir lo que queríamos. Lo normal era casarse, ser ama de casa, tener hijos y cuidar de ellos y de la familia. A mí siempre me han gustado las ciencias y las matemáticas y hubiera querido estudiar alguna ingeniería. La familia se opuso, era una facultad donde solo había chicos. Si querías estudiar tenías que ir a una Facultad más propia de mujeres. Una de las que se consideraba muy adecuada era la de Magisterio.

—Bueno, abuela, nos lo hemos ganado. Hemos luchado mucho para llegar a este presente, pero todavía queda mucho por hacer. De todas formas, seguimos para no retroceder. ¿Sabes? El profesor me ha propuesto participar en una oposición para un doctorado de investigación en física teórica. Me hace mucha ilusión. Son dos plazas, una con beca y otra sin beca y tengo que competir con otros tres chicos.

—Te deseo mucha suerte y espero que obtengas la plaza con o sin beca.

—Yo también lo espero, el profesor me ha dicho que tengo muchas posibilidades porque soy una de las mejores y confía mucho en mí.

Unos meses después, los opositores están esperando los resultados del tribunal que, decidirán a quién asignar el doctorado. Salen las notas y Marga ve que las suyas son las mejores. Está muy contenta y aguarda ansiosa que la llamen para comunicarle su éxito.

El Presidente del Tribunal la convoca y le dice que, a pesar de ser la mejor, asignará el doctorado a dos chicos. Que, como se trata de estudios muy avanzados y a nivel internacional, todavía es tarea de hombres. Quizá cambie dentro de algunos años. Le desea mucha suerte para su futuro. Es joven y está muy preparada y opina que con el tiempo obtendrá lo que se merece.

Marga está muy decepcionada y también molesta. Vuelve a casa de su abuela para comentarle el asunto y se jura a sí misma que nunca se rendirá. Seguirá luchando hasta obtener lo que considera justo. Es un hecho que todavía no existe la igualdad y, aunque mucho ha cambiado la sociedad, todavía quedan sectores machistas. Y hay que seguir luchando.

Han recorrido un largo camino

Liliana Ebner

Como cada mañana, Mariana pasa a su lado, una taza de café y un celular en las manos.

Deposita un beso en la mejilla de su abuelo y, con sus jeans gastados, se dirige al auto.

—Has recorrido un largo camino, muchacha —susurra el abuelo.

Los recuerdos se agolpan en su mente y las conversaciones, esa tradición oral que va circulando de generación en generación, pasan como una película.

Su abuelo había trabajado en las minas de carbón de río Turbio, al sur de la Patagonia Argentina. El magro sueldo no alcanzaba para alimentos y el alquiler de la precaria vivienda que le otorgaban.

La abuela trabajaba, casi como esclava, en casa de los dueños de la mina realizando extenuantes tareas. No recibía salario, pues de esa manera pagaba el alquiler.

Las mujeres eran discriminadas, tratadas como objetos, menospreciadas. No tenían derecho a nada, solo obligaciones. Despreciadas, eran solo un instrumento sin voz ni voto.

El abuelo recuerda que su padre le hablaba de ella con orgullo, fue una valerosa mujer que luchó por la igualdad de género.

Encabezó, junto a otras, marchas y manifestaciones para lograr el sufragio femenino y así poder sentirse alguien, sentir que ser mujer también daba derechos.

Con lágrimas en los ojos, recuerda aquella historia de algún pueblo europeo, donde cientos de cadáveres de niños fueron encontrados en un pozo, en un refugio para madres solteras.

Allí, las mujeres «deshonestas» trabajaban limpiando letrinas, puliendo pisos, lavando a la intemperie bajo un riguroso clima, para tener un trozo de pan, un techo. Al parir, les decían que sus hijos habían nacido muertos.

En Argentina —piensa el abuelo— se fundó la Casa de Niños Expósitos. Allí, las mujeres que habían sido abusadas, las que no tenían hogar, las que no tenían un salario digno, como el de los hombres, abandonaban a sus niños. Muchos morían, otros eran dados en adopción y siempre el apellido era Expósito.

Aquella abuela inmigrante murió defendiendo la igualdad. No logró ver la aprobación del voto femenino, pero, para sus descendientes, es un orgullo su esfuerzo para lograrlo.

Nunca se amedrentó, cruzó puentes, caminó sobre cornisas. No concebía esa lucha, su lucha como mujer, sin ser protagonista, teniendo un papel secundario en aquello que, lejos de ser una utopía, era un sueño que todas deseaban hacer realidad.

Deseaban ser libres para poder debatir, para poder pensar, para poder realizar lo mismo que los hombres. Eran capaces, lo sabían, solo necesitaban que las trataran como iguales, no como a meros objetos domésticos o sexuales.

Así pensaba aquella abuela y por ello luchó, porque consideró que, unidas, podían transformar algunas cosas, cambiar situaciones. Ella tomó el timón en sus manos, lo sujetó firmemente, era la forma en que creía que se podía lograr una igualdad.

—Papá, ¿sumergido en tus recuerdos?

La voz de su hija lo sacó de sus cavilaciones.

—¿Te vas ya, querida?

—Sí, tengo una reunión con el personal para exponer mi estrategia publicitaria.

Irene era Directora de Planeamiento Estratégico de una multinacional y tenía a su cargo a diez personas, en su mayoría hombres.

—Yo no estaría nerviosa. Con tu capacidad, imposible que te vaya mal.

—Eres muy generoso, papá, gracias por tu confianza.

—Te has abierto camino con perseverancia, con sacrificio. Has demostrado que ser mujer no es ser inferior. Que las capacidades no tienen nada que ver con el género. Estoy muy orgulloso, de ti y de mi nieta, y lo estarán más aún tus antepasadas mujeres, que tanto lucharon por esto.

Como tantas veces te he contado, hija, mi abuela, junto con otras compañeras, con la espalda destrozada por las crueles tareas, encabezaron una huelga, para expresar el repudio, la indignación, contra la subyugación de las mujeres.

—Sí, papá, orgullosa estoy de mi ascendencia, de lo mucho que hicieron. Ellas, como tantas mujeres, sembraron la semilla de la igualdad. Muchas murieron, no por un ideal, sino por un digno derecho. Se me hace tarde, cuídate papá.

El anciano la ve alejarse y subir al auto que la espera.

En la televisión un titular lo hace sonreír:

«Incorporan las primeras mujeres chóferes de recolección de basura reciclable».

Y a continuación otro, que nubla su mirada:

«Mujer iraní, azotada 148 veces por defender los derechos de la mujer.»

El camino, por lograr la equidad, la igualdad de género, es largo, sinuoso, mucho se ha logrado, pero aún la condición de la mujer es inferior, deberán continuar su lucha, aunque… cada vez están más iguales.

La dignidad que merezco

Lou Valero

En cuanto he escuchado la puerta, he colgado. Supongo que Carmen habrá intuido el porqué. A él no le gusta que hable por teléfono. Claro que tampoco le gusta que hable con nadie de ninguna de las maneras.

El otro día, cuando volvió a casa del trabajo, me encontró en el rellano con Luz, mi vecina. Fue muy amable con ella, incluso se ofreció a ayudarle a entrar la compra hasta su cocina —venía cargadita, la pobre—. Ella rehusó agradecida. Yo terminé la conversación enseguida y entré con él en casa. Me dejó llegar hasta el fondo del pasillo. Supongo que para que nadie oyese nada, porque, en cuanto puse un pie en la cocina, me arreó un bofetón tan brutal que se me cayeron las gafas al suelo. Menos mal que no se rompieron, porque tiemblo solo de pensar lo que hubiese sido capaz de hacerme.

Como aquella vez que, al pegarme, me di un cabezazo con el cristal de la puerta y se rompió. Me sangraba la cabeza y, lejos de arrepentirse, me siguió golpeando e insultando hasta cansarse. Encendió la radio a tope para que los vecinos no lo escuchasen. En aquella ocasión, estuve una semana sin salir a la calle de tanto que me dolía todo el cuerpo, pero sobre todo el alma.

Tiene mucho cuidado con ciertos detalles. Por ejemplo, casi siempre me golpea en los lugares que oculta mi vestuario. Nadie imagina lo que pasa en nuestra casa, aunque no me extraña, yo misma jamás lo habría dicho. Él es tan bueno con todo el mundo…

Siempre hace favores a todos sus amigos e, incluso, a los vecinos. Yo ya no le quiero. Le odio. En todo el día no dejo de pensar la manera más limpia de deshacerme de él. No es que quiera matarle, no, pero no sé qué hacer para no verle más. Me paso el día imaginando que tiene un accidente en la obra. Por ejemplo, que se cae del andamio más alto del edificio en el que trabaja y que vienen a avisarme de que ha muerto espachurrado sobre un pallet de ladrillos. Todos esos ladrillos hechos añicos mezclados con su ponzoñoso cuerpo desmadejado e inerte…

Por otra parte, no tengo trabajo y tenemos dos niños de cuatro y seis años que adoran a su padre. No saben que se porta tan mal con su mamá. Delante de ellos nunca discute conmigo.

Ahora duerme como un ceporro. Le oigo roncar y eso me tranquiliza. Prefiero escuchar sus ronquidos que su voz. Hoy he tenido tiempo para pensar detenidamente. Los niños han pasado el día con mis padres y mi hermana Carmen. Se los han llevado temprano y están a punto de volver.

Mi familia sí sabe lo que pasa. A ellos no puedo engañarles. Me conocen tanto que no se explican qué ha hecho Miguel con mi mente. Yo siempre he sido una defensora de la igualdad entre el hombre y la mujer. Culta, con estudios universitarios. Ahora estoy anulada. Apenas existo.

Carmen me facilitó un teléfono para llamar a cualquier hora del día si necesito ayuda. Es un teléfono en el que atienden a las mujeres víctimas de maltrato. Hoy, hablando con ella, me ha dicho que por qué no me decido a llamar de una vez y cuento lo que me pasa, pero tengo miedo. Miguel me ha dicho muchas veces que, si me voy y le quito a los niños, nos matará a los tres y a quienes nos ayuden. Cada vez que pienso que pudiera pasar algo así tiemblo tanto que hasta me castañetean los dientes y lloro aterrada, y es que no podría vivir sin mis hijos. Imposible. La sola idea de pensar en ello me ha bloqueado hasta ahora, pero desde hace unos días, el bloqueo se ha transformado en determinación. Mis hijos me necesitan fuerte. Necesitan una vida mejor. No puedo más.

Sí, tengo miedo, pero pienso en lo feliz que sería si Miguel no existiese en nuestras vidas. Yo podría trabajar para sacar a los niños adelante, me conformo con muy poco, mis gustos son sencillos, tan solo quiero tranquilidad. Es el momento.

Esta tarde he buscado en mi escondite secreto el papel con el teléfono que me dio Carmen. Mañana, sin falta, cuando él se haya ido a trabajar, llamaré. Por fin comenzaré el proceso que me lleve lejos de esta casa para siempre. El proceso que me devuelva la dignidad que merezco.

Los portadores de la antorcha

Ángela Sahagún

Matilde recogió la labor con aire distraído. Hacía calor, mucho calor, y ella no tenía ganas de seguir cosiendo. De pronto se quedó quieta, paralizada hasta que, lentamente, cogió el matamoscas y, con un gesto rápido, aplastó al insecto que revoloteaba sobre la mesa. Matilde sonrió.

La mosca murió vengándose de ella. Su cadáver se incrustó entre dos margaritas, bordadas a punto de cruz, de la mantelería para su dote. Ese que tendría que llevar al hogar que la esperaba en algún lugar. El maldito hogar que llevaba años, siglos, esperándola.

Por la ventana, entreabierta, entraba el ruido de la calle. La vida estaba fuera de aquella habitación y ella lo sabía. Sus hermanos varones disfrutaban de las vacaciones. Aún quedaban un par de meses para que volvieran a la Universidad. Ella jamás podría ir allí. Sus padres opinaban que su vida estaba en manos de un hombre aún desconocido, de los niños que esperaban que ella los trajera al mundo.

Su madre intentaba animar a esa hija desesperanzada asegurando que, algún día, invitaría a sus amistades a merendar para que admiraran el hermoso bordado de aquel mantel.

Matilde no era guapa, ni simpática. Le iba a costar cumplir con las expectativas de sus padres. A ella no le importaba no tener novio, hubiera sido más feliz estudiando. Fue muy buena en el colegio, le gustaba aprender cosas que no estaban entre esas cuatro paredes ni en el armario de su ajuar. Quizás hubiera conseguido ser médico antes que su hermano Juan. Al menos, no hubiera repetido curso como él.

La muchachita casadera sacudió la cabeza. Sabía que era inútil soñar con la Universidad, ni siquiera le habían dejado estudiar magisterio, pero ya había bordado tres juegos de sábanas de hilo y seis manteles. Tres de merienda y tres de seis servicios. Realizados puntada a puntada, vainica a vainica, y con el hastío prendido con alfileres en el alma.

Sus dos hermanos irrumpieron en la habitación riendo despreocupados y bromeando. Apenas le hacían caso, ya era demasiado mayor para que se burlaran de ella como cuando era más pequeña. De hecho, Matilde era demasiado silenciosa e introvertida para que el mundo masculino familiar le hiciera caso. Su padre ya apenas le hablaba si no era para pedirle la merienda o que le limpiara los zapatos.

¡Cómo les envidiaba! Desde pequeña, cuando los veía salir a los tres de caza le hubiera encantado ir con ellos, escopeta al hombro. Pero su padre jamás la llevó de cacería ni siquiera quiso jugar con ella al ajedrez, a pesar de las veces que se lo pidió y de que se había convertido en una jugadora medio decente que ya ganaba siempre a sus dos hermanos. Con rencor, suponía que su padre tenía miedo a que una mujer le ganara en algo.

Cuando cumplió los treinta años, había bordado doce juegos de cama y doce mantelerías. No había ni rastro del supuesto marido. Nadie se enamoró de ella jamás y en casa empezaban a insinuar que sería conveniente ingresarla en un convento.

Matilde no tenía ningún interés en la religión ni, por supuesto, en hacer votos de castidad, pobreza y obediencia. Una mañana del mes de julio se encaminó hacia la Ciudad Universitaria de Madrid. Sentada frente a la facultad de Medicina, junto a una escultura inaugurada en 1955, un año antes, que representa la transmisión entre dos hombres de la cultura y civilización occidentales a través de la Historia. En el pedestal, aún hoy se puede leer: «El hombre lleva la sagrada antorcha de la Fidelidad por las candentes arenas del desierto. La mujer lleva la Maternidad como antorcha sublime en su camino. Con ambas luces llevan a su término la incansable tarea de las almas; hasta la eterna puerta de los cielos, ante el gozo de Dios, arrebatados».

Una semana después, en el campo que rodeaba a la Universidad Complutense, encontraron el cadáver de una mujer joven que se había reventado la cabeza con un tiro de escopeta. Parecía incrustada entre las margaritas que bordaban el campo de amarillo y blanco.

Dicen que los suicidas nunca abandonan el lugar donde se mataron. Yo creo que Matilde acudió de incógnito al botellón que consiguió, en el 2011, que los estudiantes robaran la antorcha y pintarrajearan la escultura. Un acto de vandalismo, sentenció la prensa, pero «Hay cosas que no se pueden respetar», supongo que pensaría un fantasma arrebatado y feminista.

Moneda de cambio

Inma Sastre

Agnes se sentía feliz con el uniforme, se gustaba. Si no fuera por esas malditas espinillas que invadían su tez de color… Apretó los libros contra su pecho, debía darse prisa, había remoloneado entre las sábanas porque la noche anterior se quedó estudiando hasta tarde. Trabajaba muy duro para aprovechar la segunda oportunidad que le había dado la vida.

Ya no quedaba nadie en el porche, en la cola del desayuno. Se adentró en la cocina, que olía a café, y cogió un *mandazi*. Mientras lo saboreaba, corrió hacia la escuela que estaba adosada a la residencia donde vivía desde hacía dos años. Allí estaba segura, ya no tenía miedo.

Entró en un aula con paredes de adobe y se sentó en un estrecho pupitre de madera. Llegó la maestra y se acabaron las risas, la algarabía de las muchachas. Se pusieron de pie como muestra de respeto hacia esa persona que les transmitía el conocimiento, que les enseñaba a ser libres, que las instruía para ser y pensar por sí mismas.

—Los hombres de mi aldea se burlan de mí cuando digo que las chicas deben ir a la escuela, declaró una de sus compañeras durante la asamblea.

—¿Qué opináis sobre esto? —cuestionó la profesora.

Las alumnas alzaron la mano para hablar, todas querían dar su parecer. La docente fue dando la palabra.

—Para mí es muy importante estar aquí porque quiero ser doctora —comentó Agnes.

Cuando terminaron las clases, las estudiantes salieron al patio trasero. Lavaban su ropa en palanganas de zinc cuando el pitido de un viejo camión lleno de trabajadores captó la atención de las chicas, que interrumpieron su tarea para ojear y cuchichear sobre los más jóvenes. Mosi, uno de los muchachos, sonrió con timidez a Agnes, que se ruborizó y desvió su mirada. Desde que le conoció, no había un solo día en que la imaginación de la chica no se trasladara hacia el futuro con ese adolescente convertido en su compañero de sueños.

Después de comer, una mujer con un fardo en la cabeza y un pareo azul estampado con flores amarillas llegó al edificio. Agnes se apresuró hacia ella, la ayudó a liberarse de la carga. Se abrazaron. Era su madre, su mamita, a la que no veía desde hacía seis meses.

Las dos mujeres se sentaron sobre la tierra, a la sombra de una acacia. Durante la cháchara, Agnes jugaba con unas viejas monedas, cambiándoselas de una mano a otra. Mientras tanto, sus compañeras estaban tumbadas sobre la hierba. Algunas dibujaban, otras hacían deberes, la mayoría descansaba.

La madre, por primera vez desde aquel fatídico día, se atrevió a abordar el tema:

—Lo siento *mija*, pero yo no podía hacer *na* —se justificó con un deje de culpabilidad.

Con voz temblorosa, Agnes le contestó:

—¿Cómo puedes decirme eso? ¿Acaso no estabas tan contenta de que mi padre me hubiera encontrado un novio? Poco te importaban sus cuarenta años, aunque yo solo tuviera catorce.

«Si ese hombre hubiera sido Mosi…», pensó.

—En este terruño las mujeres no tenemos *vos*. ¿Cómo me iba a enfrentar al *papa* si soy muda como fue mi madre, mi abuela, y todas las demás? —continuó exculpándose.

—Sabes, mi amiga Clarisa tiene una nena de dos años. La tuvo con trece porque sus padres la obligaron a casarse. Su marido la violaba y la maltrataba hasta que los activistas la rescataron. Ahora la niña vive con su familia. Le da mucha pena estar separada de ella, pero sabe que es lo mejor para las dos. ¿No te das cuenta de que yo podría haber acabado como ella?, le reprochó con los ojos llenos de lágrimas.

—Los pobres como nosotros os casamos a las hijas bien mozas para que *ansina* no nos falte de comer.

—Eso no fue casarme, sino venderme. Siento que papá haya acabado en la cárcel, pero recuerdo con asco cómo regateó con la familia de mi novio como si yo fuera ganado. Tuve mucha suerte de que llegara la policía antes de que terminara la ceremonia y mi marido me violara.

El ruido de una carreta tirada por un burro ahogó una nueva excusa de la madre.

—Yo sí sé por qué los padres tenéis tanta prisa por casarnos —dijo apretando las monedas con fuerza—. Porque cuando yo termine la escuela, tendré mi propia opinión y, para entonces, ni siquiera os darán cinco vacas por mí —auguró Agnes entre sollozos.

Tardes de miércoles

Ana Marben

Cuando dijeron «niña», apreté los dedos de Lola y le estampé un beso en la mejilla. Sonreí para fingir que me alegraba. Y ella sonrió, para fingir que me creía.

La paternidad me pilló por sorpresa. Tras siete años intentándolo con mi ex, suponía que era estéril. Sobre todo, después del retoño de rasgos orientales que tuvo a los pocos meses de divorciarnos.

Lola y yo nos conocimos en una sesión de citas rápidas. Teníamos una edad similar —casi cuarenta—, un trabajo parecido —yo celador y ella auxiliar de enfermería— y una forma afín de divertirnos: viajes, copas, bailes, cines... Nos lo pusimos fácil. Sin malos rollos ni exigencias. Solo risas y sexo.

Y el embarazo llegó. Mucho antes de lo que ella esperaba: ansiaba ser madre, pero, a su edad, no creía poder conseguirlo de forma natural.

No habíamos hablado de tener hijos. Ni de nada serio. Yo dormía a diario en su piso y los fines de semana libres retozábamos entre las sábanas en mi adosado a las afueras o hacíamos escapadas a la montaña.

Organizábamos un viaje a Nepal cuando me dijo que estaba de dos meses. Me dejé contagiar por su ilusión, compré peucos, sonajeros y hasta una cuna. Pero cuando en la ecografía se distinguió «con total claridad» que era niña, me decepcioné. ¿Qué iba a hacer yo con una niña?

Me crie entre chicos. Las niñas eran unas extrañas molestas en las que solo reparamos al despertarse las hormonas. Ni siquiera el noviazgo o el matrimonio habían cambiado mi relación con las mujeres. Fui educado, galante y seductor, para estar con ellas. O un bruto insensible, vago y egoísta, si le preguntabas a mi ex.

El embarazo fue una tentadora posibilidad de cambio.

Fracasé.

Aunque me gustaba mirar a Lía cuando se dormía en la cuna agarrada a mi dedo o cuando reía solo porque yo le acariciaba la barbilla, me sentía un invitado en aquella casa en la que la niña marcaba los horarios. Yo me escaqueaba y no cambiaba pañales, ni daba biberones, ni nada... Cuando Lola me pidió que me marchara fue un alivio. Luché por la custodia por orgullo y por la exigencia de mi madre, que temía perder su papel de abuela.

Acepté las visitas, el pago de la pensión y el reparto de vacaciones. La abuela se encargaba de ella los fines de semana que me tocaba. Las tardes de los miércoles, sin embargo, era mías. La recogía de la guardería y dábamos un paseo. Quedaba con amigos, locos por conocerla. Decían lo guapa que era o comparaban su crecimiento con el de sus retoños. Yo los dejaba hacer, aburrido, y aprovechaba para tomar cervezas. En invierno, veíamos dibujos absurdos en la tele mientras intentaba que merendara sin manchar la ropa impoluta que su madre le ponía. El verano coincidió con sus primeros pasos. Al siguiente le mostré la playa y lo divertido que era rebozarse en la arena. El tercero y el cuarto traté de enseñarle a jugar al fútbol y maldije de nuevo que fuera niña.

Aunque nos tolerábamos, a menudo nos mirábamos como dos extraños. Yo no marcaba normas ni horarios y conmigo era tranquila y obediente, mientras que su madre se quejaba de que nunca le hacía ni caso. A veces, me observaba de reojo mientras rayaba la pared con un rotulador de mi escritorio. Yo me sentaba a su lado y les dibujaba pelo a los monigotes, largas trenzas o rastas. Lía esbozaba tímidas sonrisas para acabar a carcajadas cuando me veía pintar perros con botas o árboles con manos.

Cuando Lola me dijo que se mudaba a trescientos kilómetros y se llevaba a la niña, y que ya solucionaríamos las visitas de alguna manera, tampoco peleé mucho. Pensé que los miércoles eran perfectos para jugar al pádel con unos colegas que buscaban a un cuarto para el equipo.

Hoy es miércoles y les he dicho que tengo gripe. No he mencionado los ojos vidriosos ni el temblor de las manos al sujetar el muñeco preferido de Lía: un playmobil egipcio que formaba parte de mi colección antes de que la niña decidiera redecorar las pirámides. Estoy sentado en el suelo, hay una cerveza sin abrir a mi lado, mastico una gominola en forma de plátano y veo en la pared ese monigote desgarbado al que ha pintado una larga coleta y ha puesto un lazo raro. Al lado ha escrito, en letras muy separadas, *mi papá.*

Capítulo II

Cada vez más iguales por origen

Bajo el mismo cielo

Pilar Alejos Martínez

Cada mañana, mamá me despierta con un beso de mariposa y juguetea con sus dedos entre mis rizos mientras con calidez me susurra al oído:

—¡Alex, arriba! Abre esos ojitos azules que ya son las ocho y tienes que levantarte, cariño.

Me desperezo bostezando y, por sorpresa, atrapo su cuello entre mis brazos y nos reímos juntos. No me cuesta nada madrugar. Salgo de la cama de un salto y voy al baño.

—¡No te entretengas mucho, que se te enfría el desayuno! —me grita desde la cocina.

Estoy muerto de hambre. Me siento frente a mi taza de cacao. Veo que todavía sale humo. Aunque quema, devoro con ansia la leche con galletas y el zumo de naranja que me ha preparado mamá. He de darme prisa si no quiero llegar tarde al colegio.

—En la mochila te he metido el almuerzo y un zumo. ¡Cómetelo todo! —me recuerda, antes de salir de casa.

Me encanta ir al colegio. Voy de la mano de mamá. Allí me lo paso tan bien con mis amigos Karim, Cristian, Akin y Yuri. Sobre todo, en el recreo. A veces, sin que nadie se dé cuenta, nos intercambiamos los bocadillos. Depende de lo que contengan. Si son de mortadela, de jamón o de chorizo, Karim y Akin no pueden comerlos. Dicen que su dios les prohíbe comer cerdo. Con los demás no hay problema. Los mejores bocatas son los de atún, que no ofenden a nadie. También me encantan los de «Nocilla». Cuando acabamos de almorzar, viene lo más divertido. Jugamos a juegos nuevos que cada uno sabe y los demás desconocen. Mis amigos han venido desde muy lejos: de Marruecos, de Sudamérica, de África y hasta de Rusia. Al principio no nos entendíamos, pero descubrimos que no necesitábamos palabras para ser amigos, nos bastaban las miradas de complicidad y unir nuestras manos de piel multicolor. Ahora ellos han aprendido a decirlo todo como yo, pero con su propio acento. Aprendemos muchas cosas juntos en clase. Si no comprendemos algo, le preguntamos a María, la profe. Unos a otros nos ayudamos.

Al salir del cole, siempre nos vamos a jugar al parque. Las mamás se sientan en un banco y charlan de sus cosas mientras nos vigilan. Nos zampamos la merienda rápido para poder jugar más rato. Allí, también juego con Mei. Me pongo muy nervioso al verla. Lleva dos trenzas largas, tiene los ojos como los de los dibujos animados, huele a chicle de fresa y siempre sonríe. Se nota que ha aprendido a ser amable con todo el mundo, ya que pasa mucho tiempo en el bazar de sus papás. Hace los deberes mientras ellos trabajan. La otra tarde, le regalé un dibujo de los dos. Le gustó tanto que me dio un beso en la mejilla. La cara me ardía y el corazón se me volvió loco de felicidad. Nunca olvidaré ese momento. Me regaló una piruleta.

Mamá me ha prometido que, si me porto muy bien, mi próximo cumpleaños lo celebraremos en el local de bolas. Podré invitar a todos mis amigos y a mis primos. Será muy divertido. Merendaremos hamburguesas y kebab. Le he dicho a mamá que la tarta la quiero de «Spiderman». A todos nos encanta. Es un superhéroe que vigila y protege la ciudad.

El dinero que me dan mis tíos, mis abuelos y mis papás lo guardo en la hucha. Algún día, me gustaría ser explorador, viajar por todo el mundo y conocer esos lejanos lugares de donde han venido mis amigos. Mientras tanto, le he pedido a mamá que me compre un libro con mapas, una brújula, preciosas fotos y una cantimplora.

Pero al llegar la noche, estoy tan cansado… Después del baño y de acabar la cena, caigo rendido. Antes de dormir, mamá deja que lea mis libros de aventuras un ratito. En cuanto apago la luz, mi habitación se llena de ciudades con rascacielos, de desiertos con doradas dunas y camellos, de ríos cristalinos y montañas enormes, de estepas nevadas y glaciares, de animales salvajes y de selvas, de largas murallas y campos de arroz. Se respira libertad al calor del sol. La noche se ilumina de luna y estrellas. Ese universo que habita mis sueños es el mismo que nos acoge a todos bajo el mismo cielo.

Esperanza

Pepe Sanchís

«Son los momentos previos al inicio de la carrera. Mi concentración es máxima. No va a ser una prueba cualquiera, se trata de la Gran Final. Normalmente los cinco kilómetros se me hacen cortos. Pero hoy es un día especial. En las gradas del estadio Olímpico he visto un grupo de gente de mi pueblo con una pancarta de ánimo: 'Benissanem amb Espe'. Siento una carga de responsabilidad al pensar en ellos, en mis padres, en nuestros amigos y vecinos, a los que considero mi verdadera familia.»

Se llama Esperanza Ngone y tiene veintiún años. Sus padres llegaron a Benissanem, un pueblo de la costa valenciana, una fría noche de Febrero y fueron de los pocos ocupantes de la patera procedente de un lejano país africano, que consiguieron llegar sanos y salvos a la playa. Pero unas patrullas policiales les estaban esperando. Ellos, saltando de la barca, lograron burlar a los Guardias Civiles. Cuando pudieron salir sin ser vistos, tomaron el camino que les señalaba las luces de aquel pequeño pueblo.

Antes de llegar se refugiaron en una caseta de campo que alguien había dejado con la puerta abierta. A la mañana siguiente, el tío Quico y su hijo Vicent, que iban a trabajar sus huertas, se encontraron con aquella pareja, negros como el azabache, que desde el interior de la caseta los miraban con ojos asustados. Estaban medio muertos de cansancio, de hambre, tiritando de frío. Además, era evidente que ella estaba embarazada.

Enseguida se los llevaron a su casa. La mujer de Quico, Carme, los recibió con los brazos abiertos. Ellos los cuidaron, los protegieron, y más tarde les consiguieron un trabajo, pasando a integrarse plenamente en la vida del pueblo. Junto a la suya había una casa medio en ruinas que su dueño había abandonado hacía tiempo. El padre, que en su país había sido profesor de Matemáticas, también era un buen albañil y la madre, que tuvo que abandonar su profesión de periodista, le ayudó a convertirla en un hogar acogedor. Todos los vecinos echaron una mano. En esa casa nació Esperanza y allí ha vivido toda su infancia y juventud, hasta que la seleccionaron para el Centro de Alto Rendimiento. Nunca olvidará los años pasados en la escuela, siempre haciendo carreras con los otros niños y niñas, a ver quién llegaba primero. Nadie podía con Espe, «la Negreta».

«El sonido de la pistola anunciando la salida me vuelve a la realidad. Mis piernas corren veloces, tengo perfectamente estudiado el ritmo a seguir. Las dos últimas vueltas estoy en cabeza de carrera junto a otra atleta. Un último esfuerzo en la recta final y me adelanto. Llego con ventaja. Levanto los brazos. Oigo a mis padres y a mis amigos gritar mi nombre, desaforados. Soy la Campeona Olímpica. Cuando recibo la medalla de oro y suena el himno, no puedo dejar de recordar la historia de mis padres y sentir un profundo agradecimiento por el pueblo que les acogió, considerándoles simplemente personas».

Estaba en minoría

Manuel Salvador

Claudine, bella y sensual como se le supone a una francesa, parisina para mayor dato, estaba en paciente, pero tensa espera. Su vino sería el cuarto en ser servido. De alguna manera era la anfitriona. La reunión de cinco tenía lugar en suelo francés al rebufo de la Feria Internacional del Vino de Burdeos, aunque ella trajera un Borgoña. El nerviosismo ante su descorche no le impedía contemplar con glotonería los labios carnosos de Sipho y fabulaba con hundir su lengua en ellos. Quedaría húmedamente prisionera. Ella estaba en minoría; era la única mujer de la reunión.

Sipho, negro, como se supone a los sudafricanos por aquellos que desconocen la realidad del país, había debutado a los entrantes con vino blanco de su tierra natal. Tuvo felicitaciones. Sin percibir la mirada concupiscente de la dama, ansiaba, sin embargo, reflejarse en los ojos glaucos de James. El hombre de Sudáfrica estaba en minoría; era el único negro de la reunión.

James había descorchado su blanco de California en segundo lugar. Los comensales que, gracias a las artes embajadoras de Claudine, habían conseguido contratar un menú Chez Moustache, trayendo ellos los vinos, habían destacado la frescura del elixir. James, instalado sobre la cuarentena, era rollizo y más que rubio, su cabello de flequillo viril, adquiría un tono anaranjado. A todos, les evocaba alguien, aunque no conseguían precisar. El californiano, ajeno a los dardos de Sipho, le había tomado querencia a Pedro, a quien desbordaba con su verborrea. Estaba en minoría; era el único de pelo naranja en la reunión.

Pedro Gómez, burgalés, había acudido con un tinto de la denominación Utiel-Requena. Era el vino que se servía en ese momento. Quería zafarse de la perorata del californiano, sin renunciar a la cortesía castellana, para atender a las reacciones de los comensales al degustar su caldo. Pero aún tenía un interés mayor: sentía fascinación por el donaire, el encanto y las armoniosas proporciones de Claudine. Estaba en minoría; era el único hombre que se interesaba por la mujer.

Hasta el momento, el viejo Konstantinos se había mantenido al margen. Algo retirado, no hablaba, cuanto apenas comía, aunque de todos los vinos cató. Creyó que su momento de hablar había llegado; lo diría todo seguido. Para ello se levantó. Esa bipedestación atrajo las miradas hacia su magra figura; hasta ahora, lo habían ignorado.

—Madame, messieurs —comenzó; la lengua común era el francés— he disfrutado mucho con su agradable conversación, aunque no haya participado de forma activa, por mi natural reservado y he disfrutado también con los vinos que han apadrinado esta noche. Todos son agradables, pues con un mínimo de cuidado y con las técnicas actuales, es posible hacer buenos vinos en casi todas partes. Pero si tuviera que destacar la personalidad de cada uno de ellos, créanme que lo lamento, no podría hacerlo. El mayor rasgo distintivo, es que dos son blancos y dos son tintos. Pero ¡tan semejantes entre sí! Los métodos cuasi estándares de vinificación y el deseo de agradar a la mayoría, a un público, digamos internacional, los hace cada vez más iguales, sin importar el origen. Se huye de potenciar lo singular, lo exclusivo, lo bueno y propio de un lugar; lo diferente…

»Traigo este vino blanco, sin duda más modesto y rústico que el suyo. Es un Retsina. Es de elaboración ancestral. Viene en esta botella sin etiquetar, pues lo hacemos para la familia. Para sacarlo al mercado y etiquetarlo con todas las bendiciones hay que pasarlo por una serie de filtros y estándares que, a nuestro juicio, le hacen perder parte de su singularidad; de su personalidad.

Escanció en cinco copas y las repartió. Todos bebieron un sorbo somero. Konstantinos observaba sus reacciones, pues las hubo.

—En efecto, le añadimos resina de los pinos de Alepo, una ínfima cantidad durante la fermentación. Pero no se alarmen; después, tras una serie de trasiegos y filtrados, la materia sólida desaparece, pero su aroma permanece. Ya casi nadie lo hace. Las nuevas generaciones dicen que es un vino de taberna no apto para la exportación a gran escala. Naturalmente que no, ni falta que le hace. Me refiero a lo de a gran escala.

»Es un vino singular, diferente, que les ha sorprendido a todos. Eso es lo que busco. Sus vinos son agradables, fáciles de beber, pero no me han sorprendido. Cada vez más iguales, sin importar el origen. ¡Lamentablemente iguales!

Konstantinos estaba en minoría; era el diferente de la reunión.

Fertilidad

Lu Hoyos

A alguien se le ocurrió escribir que todas las familias felices lo son de la misma manera y que, por tanto, no ofrecen interés literario alguno. A riesgo de provocar vuestro bostezo, voy a contaros una historia.

Nos situamos en la Valencia del 2010, cuando la crisis golpeó a muchos ciudadanos, las colas de los comedores benéficos se extendían y nuestros jóvenes, con sus sobresalientes carreras, se veían obligados a emigrar en busca de un futuro que su país les negaba.

Centremos nuestro objetivo en una pareja próspera, sin embargo: Juana y Fernando, ambos médicos, con buen trabajo. Su vivienda, un lujo de silencio y jardín situada en una de las urbanizaciones cercanas a la ciudad. Pero como nada es perfecto en esta vida, desean un hijo que no tienen. Han pasado tres años sometiéndose a tratamientos de fertilidad sin éxito.

Una mañana cualquiera, desayunan junto a los geranios. Fernando ha preparado un colorido desayuno con frutas, tostadas, quesos y café.

—Y si nos olvidamos de clínicas, podríamos adoptar —dice Juana de pronto—. Me han dicho que en Rusia es fácil si es un niño de los orfanatos.

A Fernando lo coge por sorpresa, nunca habían pensado esa posibilidad.

—Pero hablará ruso, no lo entenderemos —le contestó.

—¡Pues aprendemos ruso!

—Ja, ja, ja. ¿Cómo vamos a aprender ruso?

—En una academia, naturalmente, o mejor, buscamos un profesor particular; sí, eso sería lo mejor.

Así comenzó esta aventura. Además de iniciar el proceso de la adopción, contrataron a una profesora. Al principio les costó lanzarse a las complicaciones de la nueva lengua, pero tenía la joven una paciencia infinita y grandes dotes pedagógicas y ellos una extraordinaria motivación. Al cabo de un año, la pareja chapurreaba el ruso con soltura.

Juana estaba encantada. Mantenía correspondencia con la Institución que preparaba los trámites cuando empezó a tener extrañas sensaciones en su cuerpo; comía a todas horas y notaba nauseas con frecuencia. El día que se mareó en medio del supermercado, empezaron a preocuparse, se sometió a unas pruebas médicas.

Fernando se quedó de una pieza al ver el resultado de los análisis: ¡Estaba embarazada! Cuando se lo dijo a ella no sabían si reír o llorar, así que se abrazaron e hicieron las dos cosas, juntos y por separado, de manera que a veces uno reía a carcajadas, mientras al otro le caían grandes lagrimones.

—¿Qué hacemos ahora? —preguntó Fernando ya más sereno.

—¿Cómo que qué hacemos?

—Con los trámites de la adopción, ¿los paralizamos?

—De eso nada, cielo, hemos empezado y seguiremos adelante. Tendremos un bebé y una hermanita o hermanito mayor. ¡Qué ilusión, serán unos hijos bilingües!

Fernando acató, cómo no, la decisión. Siguieron con su vida, con sus clases mientras preparaban la casa para recibir a los nuevos moradores.

Juana dio a luz una niña preciosa. La llamaron Eugenia. Los colmó de felicidad. Cuando cumplió seis meses recibieron un correo de la Institución diciéndoles que había un niño de dos años esperándolos.

Se embarcaron los tres en un avión rumbo a Moscú. Durmieron unas horas en el hotel y al día siguiente se presentaron en la dirección indicada para conocer a su nuevo hijo.

La directora del orfanato los recibió amable, les presentó a Iván, un niño de ojos azules algo asustados. Miró con curiosidad a la niña que estaba en brazos de Juana y le dirigía la mejor de sus sonrisas. Hubo un cruce de sentimientos entre ellos, alegría, miedo, sorpresa. Pero no tuvieron mucho tiempo de reaccionar.

—Quisiera presentarles a alguien más —dijo la señora, e hizo entrar a una niña muy parecida a Iván pero con trenzas y un poco más alta—, es su hermana Katia, tiene cuatro años.

Juana y Fernando los miraban perplejos.

—Esto no es todo —añadió— tiene una hermana gemela—. Entró en escena otra niña idéntica a la anterior, Irina.

Enmudecieron ante los niños. Se miraban unos a otros en un silencio que pareció durar siglos. Se sintieron arrebatados por la belleza que conformaba aquel trío de inocentes criaturas.

—Sé que es mucho pedir —dijo la directora— pero sería una pena separar a estos hermanos.

Por supuesto que no los separaron. Volvieron a su casa convertidos en familia numerosa. Había sitio y corazón para todos.

La mañana del segundo cumpleaños de Eugenia, se reunieron los niños en la cama de sus padres entre besos, risas, cosquillas y felicitaciones. Entonces fue cuando Irina le preguntó a Juana mirándola a los ojos: «Mamá, ¿verdad que somos muy felices?».

Hay luz negra al final del túnel

Sonia Mele

Nos encontramos a las puertas del hospital universitario donde ha sido ingresado de urgencia el polémico edil de extrema derecha apodado «Álvaro, el Torero». Sobradamente conocido por tuitear consignas misóginas, racistas y antimigratorias, acumula ya varias denuncias por ello. Esta madrugada sufrió un infarto de extrema gravedad y lo único que, por el momento, podemos decir es que se encuentra en el quirófano, debatiéndose entre la vida y la muerte. Permaneceremos aquí para informarles de cualquier novedad.

Seyni, de 8 años, recordaba ensimismada momentos pasados con Ramón y Laura. Hacía un año que salía con ellos del centro de acogida algunas tardes, fines de semana y en vacaciones. Las últimas semanas había vivido con ellos para probar cómo era la convivencia diaria. Ahora, esperaba que salieran de aquel despacho donde estaban formalizando su adopción, dándole un nuevo nombre, unos nuevos apellidos y un futuro esperanzador, que hasta entonces no se había atrevido siquiera a soñar. Desde ese momento se llamaba Sandra Seyni. Habían querido que conservara su nombre original. Sus apellidos los habían cambiado para «no sé qué» de sus derechos. Ella ahora no lo entendía, pero sabía que no pretendían borrar su pasado. Le habían dicho que cuando creciera, si ella quería, la acompañarían a Senegal para que pudiera reencontrarse con sus orígenes.

Su niñez no fue nada fácil. Primero por la peligrosa ruta, camino hacia Europa, que, pasando por Argelia, llevó a su padre a la muerte por unas fiebres que no tuvieron medios para tratar. Después, con la tristeza a cuestas, dos mujeres solas, una de apenas 6 años, tuvieron que enfrentarse a la maldad de aquellos que no las veían como personas necesitadas, sino como seres inferiores de quienes aprovecharse. Su madre decidió unirse a un joven que iba con ellas y, así, se aseguró protección para las dos.

Seyni siempre recordará a aquella valiente mujer que la trajo hasta Europa, para librarla de la situación misérrima en la que vivían, y le ofreció la oportunidad de ser una pieza en el tablero. Cuando la patera rozó la orilla española, unas manos enfundadas de látex tuvieron que arrancarla de aquel cuerpo frío al que se aferraba. No la volvió a ver.

Con Laura y Ramón fue todo genial, salvando algunos problemas al principio. Le proporcionaron muchísimo amor y cultura, y viajaron juntos por todo el mundo. Agradecida por la suerte de tenerlos como padres y recordando que los suyos perdieron la vida por ella, decidió empoderarse, sacando el máximo partido de su formación. Estudió medicina. Fue una alumna brillante y se convirtió en una de las mejores cardiólogas de España.

Álvaro, separado de sí mismo, se observaba en una camilla de quirófano, inerte. Veía como varias personas del equipo médico trataban de reanimar su cuerpo. Oía voces agitadas y distorsionadas. Una de aquellas voces, segura y diligente, daba instrucciones al resto. Súbitamente cambió la imagen que percibía. Ahora era una intensa luz que le atraía. Sin ser capaz de abrir los ojos, sabía que estaba vivo de nuevo. Los sonidos que escuchaba eran ahora nítidos y reales.

Días después despertó del coma inducido. Se encontraba muy débil, pero vivo.

—Parece que hoy nuestro paciente vuelve a estar con nosotros... —dijo el médico que se encontraba allí para observar sus primeras reacciones.

—Doctor, ¿es usted quien me ha salvado la vida? —preguntó ansioso.

—No, pero puedo decir que estuve allí y fui testigo de su maestría.

—Dígale de mi parte que en cuanto pueda se pase por aquí. Quiero agradecérselo personalmente.

—¡Vaya! Me temo que eso no será posible. La doctora Gómez Juan hará su seguimiento a través de mí. No soy igual de sobresaliente, pero creo que tendrá que conformarse.

—¡Fue una mujer! —«El Torero» no salía de su asombro—. Imagino que no quiere verme por todo lo que he dicho sobre ellas... Bueno... ¡Está demostrado que ésta es la excepción que confirma la regla!

—Parece que está bastante espabilado —dijo sin disimular su desagrado—. Si necesita algo, avise a las enfermeras. ¡Hasta mañana!

Al recibir el alta, el político fue a la sala de médicos. No iba a rendirse tan fácilmente. Quería hablar personalmente con su salvadora. Vio salir a una mujer negra, que caminaba absorta en unos papeles. No había nadie más, así que no tenía más remedio que preguntarle a ella. Cuando llegó hasta él, la mujer se paró en seco al darse cuenta de quién era. Álvaro leyó en el bolsillo de su bata: Dra. Sandra S. Gómez Juan.

Niños de nadie

Marta Navarro

Elmer Mendoza nació un día de invierno frío y muy lluvioso. Nadie recuerda con exactitud la fecha, pero sí el frío y la lluvia que por aquel tiempo cayó durante días. Y la niebla. Una niebla espesa que llegó de golpe a la ciudad borrando todas las cosas. Quizá fuera enero. Quizá no. Nunca, a causa de semejante olvido, ha celebrado su cumpleaños. Nunca ha tenido regalos, tartas, ni velas donde soplar un deseo.

Aquel invierno, el invierno de doce o quizá trece años atrás en que Elmer vino al mundo, los padres habían vendido la poca tierra que aún tenían en la aldea natal y, esperanzados como nunca estuvieron, como ya nunca volverían a estarlo, habían marchado a la capital en busca de un futuro más próspero para el hijo que venía en camino.

Pero sabido es que nunca tuvo compasión con los pobres el destino y solo un terreno en un suburbio de la periferia, próximo en exceso al inmenso vertedero que delimita el contorno de aquella ciudad inhóspita y áspera como pocas, fue a lo que debieron conformar su nueva vida.

Allí, a escasos metros de la cerca, con incansable y tenaz esfuerzo, cultivan desde entonces berenjenas, calabacines, coles y tomates que pocas veces consiguen vender.

Y allí, al filo de la desolación y la impotencia, con la angustia clavada en el pecho, lágrimas de rabia y desaliento lloran sin ruido cada noche en un triste duelo por el futuro que un día soñaron juntos.

Así fue que en este lugar remoto y de todos olvidado, en una vieja barraca de madera y zinc tan mísera como una chabola, nació Elmer. Un muchacho ahora alto y fuerte, espigado, rostro atezado por el sol, ojos oscuros y profundos, esquivos, que, mucho antes del amanecer, salta cada día de su camastro para salir a la soledad de unas calles donde hace mucho la miseria se hizo costumbre, de unas calles que a cada paso hablan de dolor.

Cabizbajo y lento, un peso insoportable de llanto e injusticia a sus espaldas, camina entonces hacia el vertedero y allí, confundido entre decenas de chiquillos harapientos —ojos tristes, mejillas hundidas, manos sucias, alma gastada— y los perros y los buitres que habitan el lugar, armado como todos con su ineludible garfio y, como todos, de inmediato cubierto por una grasienta costra de mugre, con inocente esmero escarba entre la basura en busca del quizás único sustento de que ese día dispondrá la maltrecha economía familiar.

Elmer no se queja. Nunca se queja. Tampoco se avergüenza. Es su trabajo. Gracias a él subsiste su familia y se siente orgulloso. Mucho. Pero lo odia. Lo odia de un modo insufrible y oscuro que, por mucho que intenta, no logra evitar. Odia la basura, el olor, los insectos, los camiones, el humo de los gases... Tan desagradable todo, tan sucio, tan insalubre. Tan triste y descorazonador.

En secreto, un secreto nunca con nadie compartido, Elmer sueña estudiar. Quisiera ir a la escuela, merendar en el parque a la salida de las clases, jugar al baloncesto, confundirse y ser uno más, entre todos esos chicos a los que cada tarde espía desde lejos... Y un día −como ellos seguro lograrán− llegar a ser maestro o médico, quizá.

Algunas veces, pocas, pero a veces, desde lo más alto de su montaña de escombros, golpeado por la pena y la soledad, levanta los ojos a un cielo para él siempre arisco y en penumbra. Susurra entonces una plegaria dolorida, una plegaria de tristeza abrumadora y solo si por un instante una estrella atraviesa rauda el firmamento, el niño sonríe.

Por alguna extraña razón —alguien un día le contó—, las estrellas fugaces guardan relación directa con los deseos y esa idea, casi una esperanza, dibuja en sus labios una sonrisa. Una sonrisa breve, apenas un esbozo, tan fugaz como la estrella. La triste e inexpresiva sonrisa de quien nunca aprendió a reír. De quien sabe que algunas historias nunca alcanzan su final feliz.

PIL

Magdalena Carrillo

En el reparto de asignaturas y tutorías del primer día de septiembre, me tocó el PIL. No me extrañó. Era de prever, dado que había sido la última en incorporarme al centro y mi número de registro no tenía aún suficiente peso frente al de mis añosos colegas. Programa de Integración Lingüística. Grupo variable en cuanto al número de sus integrantes a lo largo del curso escolar. Plan inicial de choque hasta que el castellano fuera la lengua vehicular y los jóvenes pudieran regresar a sus grupos de origen y edad.

Yo sería la tutora y les acompañaría en sus primeros escarceos lingüísticos. De nivel muy heterogéneo, según me informaban, pero no me desanimé, sería un reto y aprendería mucho, a pesar de las exclamaciones risueñas y escépticas de mis inestimables compañeros.

Me propuse como primer objetivo conseguir que mis alumnos disfrutaran hablando por los codos, y que lo hicieran en castellano sin rivalidad ni competitividad. Y lo haríamos a mi aire. Mis colegas sabían de la dificultad que tiene dar clase a los hijos de inmigrantes recién llegados, que desconocen el idioma y que portan la mochila bien llena de problemas y no solo de material escolar.

Preparé el espacio, la clase, por llamarla de alguna manera, dado que era un cubículo interior, originado al haber cerrado el final de un pasillo con unas puertas de aluminio y cristal, junto a la salida de emergencia. Pensé que su ubicación era una buena ironía. Los recortes en la educación pública se apreciaban en todos los órdenes escolares.

No me pareció mal la clase tampoco. Estaba dispuesta a disfrutar y a aprender con mi trabajo, dado que otros, más valientes, lo hacían en pésimas condiciones. Solo había de pensar en los cooperantes de los campos de refugiados.

Transformé el aula de PIL en un espacio lleno de color a base de carteles, pegatinas, cómics sin palabras, recortes con sus nombres y montones de objetos y materiales que me facilitarían la tarea de enseñar a nombrar las cosas y construir sencillas frases con los nombres aprendidos. La pizarra y el proyector me ayudarían.

Quince pares de ojos abiertos de par en par me miraban expectantes el primer día de clase. En ellos descubrí muchas emociones encontradas. Miedo, ilusión, esperanza... Me presenté y a continuación lo hicieron ellos como supieron. Usamos el lenguaje no verbal. Había más chicas. Sus orígenes eran diversos: marroquíes, rumanos, sirios y brasileños.

Intenté establecer un clima de confianza con los consabidos juegos y dinámicas de presentación y acercamiento. Siempre he sido algo payasa con el lenguaje gestual. Las primeras risas auguraban un buen inicio.

Los días fueron pasando, unos más alegres que otros. Poco a poco, Jasmine, Asia, Astrid, Sami... y todos los integrantes del grupo empezaron a charlar entre ellos en nuestra lengua y a comunicar sus preocupaciones. Contaban qué hacían en sus países, qué les gustaba menos y qué más de su nueva vida, qué añoraban, incluso las diferencias entre ambas.

Yo estaba convencida de que mi grupo, visto desde fuera, parecía más de terapia que escolar. Intenté crear un núcleo de relación en base a la amistad y a sentirnos bien entre nosotros como un ente diferenciador. El PIL no era el gueto sino el paraíso. Y nadie quería usar la salida.

Procurábamos ponerlo todo por escrito en nuestros cuadernos, incluso inquietudes, deseos y sueños. Escribir era más difícil y trabajoso, pero con su entusiasmo y, bajo mi atenta mirada, aprendieron a hacerlo. Supieron aprovechar la oportunidad que la vida les brindaba.

Conseguimos crear un espacio de libertad e igualdad entre esas tres paredes, próximas a la salida de emergencia. Fue posible gracias al interés de todos los alumnos. Paulatinamente se fueron incorporando a sus respectivos niveles, y cada día venían al aula de acogida a visitarme y a contarme sus incidencias. No querían separarse de ella.

Me sentía viva. Me sentía muy contenta con el trabajo realizado entre todos y terminé el curso con mi mochila llena de satisfacción y agradecimiento.

Salma

Ana Lozano

Tiene el aire africano en la piel morena y en el cabello hosco y rizado. En sus ojos castaños se asoma la altivez de los animales salvajes heridos. El tic del derecho todavía no logra controlarlo, quizá exprese la desconfianza que aún siente por tantas veces que ha sido acorralada.

Al nacer en su Rabat natal, no fue muy bien recibida por unos padres que ya cargaban con varios hijos no deseados. Recuerda a su madre siempre enferma. Le daban ataques, dice, no sé bien por qué. Hasta que una mañana apareció muerta, la madre; y ella, de miedo, porque sabía que en adelante le faltaría su protección. Me confesó que, con once años, se pudo escapar de un tío que pretendió abusar de ella. Nunca se lo dijo a su padre. Él prefería que se quedase a hacer las labores domésticas en vez de enviarla a la escuela. Con trece años y sin hablar nada de español, se la trajo a España y la colocó de sirvienta. Al irse a vivir con una mujer, desatendió totalmente a su hija.

Salma vino a pedir ayuda a nuestra ONG un día desapacible de invierno. Recuerdo que su cuerpo alto y robusto contrastaba con su aspecto desvalido. Su conversación era precaria y estaba salpicada de constantes incorrecciones. Cuando le ofrecimos darle clases, nos miró recelosa como si pensase que era demasiado bruta para aprender.

Durante casi dos años nos hemos visto todos los viernes; insistido en las sumas y en las restas; cantado las tablas de multiplicar; leído poesía y cuentos; y, sobre todo, hablábamos; al principio poco, me costaba tirarle de la lengua, al final mucho. Mientras trabaja me contaba sus problemas personales. Recorrió varias ciudades españolas y ha compartido no pocas viviendas. En casi todas empezaba bien, pero poco a poco la convivencia se deterioraba hasta que no aguantaba más y decidía mudarse de nuevo. Intentaron robarle en dos ocasiones, aunque a ella también la acusaban de robo y conducta violenta. Tenía varios juicios pendientes, la inculpaban de desacato a la autoridad y de no respetar las órdenes de alejamiento impuestas tras las peleas con sus compañeros de piso. Estaba en búsqueda y captura.

Le parecía un ultraje que la hubieran tratado como enferma psíquica; eso le provocaba una fuerte desconfianza. Sin embargo, quizás porque no la tuvo, valoraba mucho la educación, y conmigo se mostró siempre respetuosa. Necesitaba un esfuerzo extra para las tareas escolares, pero llegaba puntual y era perseverante.

Costó mucho resolver los asuntos con la justicia y poner sus papeles al día. Conforme se iba legalizando su situación, ella iba tomando seguridad en sí misma y en los demás.

Ahora trabaja a tiempo parcial en una empresa de limpieza, en la que le pagan menos de lo que le corresponde, pero ya es capaz de reclamar sus derechos. En el aspecto psíquico está controlada y le han reducido el tratamiento médico. Su meta es obtener el Graduado Escolar. Se le ilumina la cara con una sonrisa cuando me cuenta que ha conocido a otra chica extranjera con la que se lleva muy bien. Toda su ilusión es que pase pronto el tiempo para que archiven su expediente y pueda pedir la nacionalidad española. Salma anhela ser una ciudadana más de nuestro país.

Todos sois culpables

Vicente Carreño

La mujer negra está tumbada en la calle, aplastada contra el suelo, muerta. Se ha arrojado desde un sexto piso. El inspector Esteban la examina con ojos de experto, esperará a que llegue el forense para levantar el cadáver. Mientras tanto sube en ascensor hasta el sexto piso. Le abre una mujer rubia de unos sesenta años. «¡Qué locura! No hemos podido evitarlo. Ha salido al balcón y se ha tirado. Trabajaba interna, cuidando a mi padre que tiene alzheimer. Se llamaba Awa Diop».

Es una casa lujosa en pleno barrio de Salamanca de Madrid. El salón es grande, con muebles elegantes y clásicos, la puerta de la terraza por la que ha saltado la mujer está abierta. El inspector sale a la terraza y se fija en un sobre que hay encima de una mesita pequeña. «¿Y ese sobre?», pregunta. «Lo ha debido de dejar ella antes de tirarse, yo no lo he tocado».

El inspector coge el sobre, extrae una carta y la lee: «Culpaos todos de mi muerte. Todos sois responsables: los racistas y los violadores, los justos, los violentos y los mansos, los que callan ante la vileza, los que construyen celdas para encerrarnos y quienes lo consiente, los que siembran el hambre y la miseria en los países de África, los que crean fronteras con alambres de espinos, los que protegen muros con fusiles, quienes nos hacinan en campos de concentración a quienes huimos del horror y la muerte, quienes se aprovechan de nuestros cuerpos porque tienen el poder y el dinero, quienes dicen que todos somos iguales y permiten que nos traten como a animales. Soy una víctima de un mundo enfermo.

Nací en Senegal, en un pueblo pequeñísimo y pobre, abandonado de dios. Había agua, pero solo a algunas horas de la mañana. El hospital y la escuela estaban bajo mínimos. Luz, teníamos un par de noches a la semana. Hui de mi casa a los 15 años porque iban a someterme a la ablación. Mi padre así lo había decidido. Me marché con las manos vacías, estaba acostumbrada a caminar y a pasar hambre. Tardé cuatro años en llegar a España, antes pasé por Argelia y Marruecos. Al final en una embarcación de juguete me llevaron hasta una playa y me dejaron en mitad de la nada. Durante aquel viaje lloré mucho. Fue horrible. Me pegaron, me maltrataron y me violaron.

Pero no llegué al paraíso. Los nuevos negreros no nos apresan en las selvas de África ni utilizan el látigo, ahora aprovechan que somos vulnerables para someternos, para tener mano de obra semiesclavizada o prostitutas para sus antros infames. Durante dos años viví en un piso patera, más de diez personas hacinadas y silenciosas, malviviendo, separados para siempre de nuestros familiares, yo no he vuelto a ver a ninguna de mis cuatro hermanas desde que salí de Senegal. He limpiado casas, he cuidado viejos, he rebuscado entre basuras. Hace seis meses encontré este trabajo y lo acepté. Un sueldo escaso y veinticuatro horas aquí metida, con solo un día libre a la semana. Lo tomas o lo dejas.

No sabía que en esta casa también estaba el mal. Se llama Eulogio, es nieto de Eduardo, el hombre con alzheimer al que cuido. Cuando vi la esvástica que lleva grabada en su brazo empecé a temblar y estuve a punto de marcharme. Nos odia a los negros, a los homosexuales, a los diferentes. Anoche entró en mi habitación borracho, llevaba el mal en los ojos, me golpeó con sus brazos brutales de gimnasio. «Negra de mierda vas a saber lo que es un hombre», me gritó. Se reía como un loco, pensé que iba a matarme. «No sé cómo os dejan salir de la selva, sois animales». Cuando se abalanzó sobre mí, estaba preparada. Saqué el cuchillo de cocina que escondía debajo de la almohada y se lo clavé en el corazón. Lo encontraréis muerto en la cama de la habitación del servicio. Para mí también es el final. Vosotros, todos, sois culpables».

Un periódico tituló al día siguiente: «Mujer de Senegal se suicida después de apuñalar a un joven de 22 años en Madrid». Y en internet alguien escribió un comentario: «Esto nos pasa por dejar entrar a tantos indeseables, hay que poner muros hasta en el mar». El comentario racista había gustado a más de cien personas. El inspector Esteban pensó al leerlo que Awa tenía razón: «El mundo está enfermo».

Tu país

Ana Marben

—¡Vete a tu país! ¡Aquí no te queremos!

El viejo empezaba a gritarle improperios cada vez que se cruzaban en el parque. Tomaba el sol en un banco, mientras César volvía de correr, sin aliento. Casi nunca le contestaba, pero a veces lo pillaba de peor humor y le replicaba.

—Yo soy de este país. ¿A dónde voy a marcharme?

—¿De este país? —repetía burlón—. Sí, claro, y ese color se te ha puesto de tomar mucho el sol. No me digas más.

César sacudía la cabeza y la mayor parte de las veces se alejaba sin decir nada. Pero aquel día se detuvo frente al anciano y puso los brazos en jarras.

—Sí, de España, señor Anselmo, de aquí mismo, de Valencia. Es mi padre el que vino de Guinea, pero de eso hace ya muchos años. Yo ni siquiera he estado allí más de un par de veces, cuando era pequeño, para visitar a mis abuelos.

—¿Cómo sabes mi nombre?

El hombre se revolvió incómodo ante la cercanía del joven y agarró el bastón con desconfianza. Intentó levantarse, pero sus piernas no le respondían como antes y tras un leve impulso se dejó caer en el asiento de nuevo.

Para no intimidarle, César se sentó a su lado. Aún tenía las pulsaciones muy elevadas por la carrera y sudaba copiosamente. A pesar de que el sol no iba a contribuir a bajarle la temperatura pensó que le sentaría bien un descanso.

—Porque de pequeño he jugado mil veces en su casa, con su nieto Guillermo. ¿De verdad no se acuerda de mí? Me enseñó a jugar al ajedrez. A Guille le aburría mucho y siempre movía mal las piezas, pero a mí me encantaba.

El señor Anselmo murmuró por lo bajo. Dijo algo sobre que él nunca habría permitido que un negro entrara en su casa, y se resistió a los recuerdos de hacía más de veinte años que empezaba a asomarse a su memoria —

—Por cierto, ¿cómo está su nieto? Hace mucho que no sé de él. ¿Sigue en Barcelona?

—No, no.

Movió la cabeza mientras se fijaba en los ojos del joven que lo miraba a su vez. Tenía una pequeña mancha de nacimiento junto a la ceja. Era curvada y Anselmo ya no pudo evitar acordarse de aquel niño revoltoso que se quedaba serio cuando ambos movían las piezas de ajedrez sobre el tablero. «El pequeño alfil negro», lo llamaba el hombre entonces, cuando le parecía tan habitual que aquel chaval fuera el mejor amigo de su nieto.

—¿Ha vuelto? ¿Está en Valencia?

—No, que va. Está trabajando en Austria. Ha encontrado un buen trabajo de ingeniero.

—¡Vaya, Austria! ¿Sabe alemán?

—Bueno, tuvo que aprenderlo. ¡Qué remedio! Ahora está muy bien, pero le costó un poco encontrar casa cuando no hablaba alemán. Le decían que no se fiaban de los españoles.

Las palabras murieron en los labios de Anselmo. Las últimas fueron solo un susurro.

—Bueno, dele recuerdos de mi parte cuando hable con él.

—Claro, claro. Se los daré. De tu parte. Eras…

—César.

—César, claro. Por cierto… Podríamos jugar al ajedrez alguna mañana. Hay unas mesas ahí, al otro lado del parque y yo puedo traer las piezas.

—Eso sería estupendo. Hace años que no juego.

—Entonces te dejaré jugar con las blancas —musitó el viejo, guiñándole un ojo.

Capítulo III

CADA VEZ MÁS IGUALES EN CAPACIDADES

Como Supermán

Cristina Cifuentes Bayo

Para Mamen.
Y para todas las Lucías.

Muchas noches me levanto, camino hasta la ventana y salto. Me dejo caer unos metros en picado. Luego flexiono la espalda, estiro los brazos, junto las palmas dirigiéndolas hacia el cielo estrellado y gano altura hasta situarme por encima de los tejados, de las terrazas de los bloques de apartamentos y, por fin, de los helipuertos que coronan los rascacielos.

Desde allí me doy cuenta de lo pequeños y frágiles que somos los humanos. Entonces es cuando en verdad despierto y me doy cuenta de que estoy en mi cama, con el ronroneo monótono y constante que acompaña mis sueños. A veces consigo dormir de nuevo enseguida. Otras no.

Soy afortunada. Tengo un colchón que ronronea y un guante conectado a un ordenador que maneja mi mundo. Las horas nocturnas requieren pocas funciones de mis dedos móviles. Puedo controlar el colchón, su posición, la intensidad del movimiento. Puedo encender la luz, acercar la pantalla del ordenador y conectar el programa que quiera. Puedo leer, escuchar música, ver películas, escribir y enviar mensajes y, por supuesto, avisar a Lucía, que duerme en la habitación contigua, si necesito ayuda.

Ya ves que soy una persona con alguna discapacidad. En general, están bastante bien suplidas con mi guante mágico y el maravilloso ordenador que me acompaña siempre y que controla, sin mi intervención, muchas funciones vitales; físicas, quiero decir: temperatura, saturación de oxígeno, pulsaciones, funcionamiento del aparato digestivo... Y supongo que otras, igual de importantes, que desconozco. La medicina nunca me interesó mucho, ni siquiera cuando desperté tras el accidente y comprendí que no era un sueño.

Supongo que sueño con Supermán porque yo también me caí de un caballo, como Christopher Reeve. Antes no era actriz. No era bailarina, ni gimnasta, no salvaba vidas. Ni siquiera era periodista. Estudiaba para ser maestra de niños con discapacidades. La vida dio un par de vueltas de campana, partiéndome dos vértebras y seccionando la médula. Desde entonces soy tetrapléjica. Al principio no era afortunada.

Ahora sí. No voy a contarte cómo ha sido, si he tenido o no siempre ganas de seguir aquí, lo que ha costado. Que te digan que hay que luchar y ser optimista no sirve de nada. Si no lo fueras, no podrías ni respirar. Lo dejo a tu imaginación, que seguro sabe inventar historias más conmovedoras que la mía. Solo te digo que cada uno hace lo que puede y como puede. Yo hice aquello para lo que sí tuve capacidad: capacidad mental, fuerza y perseverancia, porque tuve compañía constante, besos cálidos, abrazos inmensos, miradas sostenidas. Tuve el tiempo que pasa conmigo mi gente, mis amigos. Tuve, entonces, lo más importante. Lo que no puede comprarse con dinero, como el guante, el ordenador, el colchón antiescaras o la silla con superpoderes en la que hago mi vida durante el día. Eso llegó después.

Lo que quiero decirte es que las capacidades con las que nacemos pueden, o no, ser las mismas durante el tiempo fugaz de nuestra vida. Hace pocos años yo amaba a los caballos. En mi tiempo libre, montaba sin silla ni bocado, tenía con ellos una relación natural. Ahora no puedo cabalgar. Si algún día lo hiciera, necesitaría una montura especial que sujetase mi cuerpo. Y creo que no quiero sentir ese cambio.

Ahora preparo oposiciones. En mi tiempo libre, visito a mis caballos. Lorca y Dante comprenden lo que pasa. Se acercan en cuanto me ven, cabecean hasta la manta que me cubre las piernas. Olfatean mis manos y me rozan el rostro con las crines. Resoplan junto a mi cuello, donde puedo sentir su cálido aliento. Dirijo la silla hacia el camino del lago y, al paso, me flanquean. Cuando regresamos, me escoltan hasta las cuadras. Lorca relincha suave. Dante espera a que le susurre un «hasta mañana», como cada día. Me tocan la cabeza con los belfos y marchan ligeros. Saben que la despedida no es tan dulce como el encuentro.

Quiero ser como Dante y Lorca para los niños con los que trabaje. Habrá quien se mueva con dificultad desde que nació, y víctimas, como yo, de accidente; quienes no vean, o sean sordos, mudos, u otras cosas. Habrá niños cuya discapacidad será mental, emocional, visceral o múltiple. Yo quiero ser su corcel, su compañera de camino. Regalarnos susurros, palabras, miradas, caricias que broten de nuestras manos —o de mi guante mágico—, cabalgar juntos con dignidad. Volar de verdad, como ellos, junto a ellos, como Supermán.

De Beirut a Boston

Liliana Ebner

Octubre 2000 — Beirut

Sheila se revolvía entre las sábanas. Su mano bajo la almohada sujetaba un pequeño bulto.

Yamila, de cinco años, dormía a su lado.

Estaban vestidas, para no perder tiempo ni hacer ruido.

Vivían en un suburbio de Beirut. Por ser mujer, no había tenido acceso a educación, tampoco a deporte y muy poco a la salud. Al casarse decidió no tener hijos, pero allí tampoco las mujeres decidían nada y mucho menos sobre su cuerpo.

Al darse cuenta de que estaba encinta, rogó a Alá que fuera varón. Sus ruegos no fueron escuchados. Yamila llegó al mundo, para desazón de su padre. Ella la amó instantáneamente, lamentó la vida que llevaría la niña, lloró al ver en su horizonte solo tareas domésticas y sumisión absoluta al hombre.

Repasaba su vida, 20 años, una hija y otro en camino.

¿Volvería a tener una niña? ¿Otra más para padecer él?

Apretó, hasta que los nudillos le dolieron, esa bolsa que contenía mucho más de lo que parecía.

Sabía leer, había cursado grados primarios. Su madre, su aliada, trataba de proporcionarle libros.

Recordaba a aquel que la hizo pensar en su condición de mujer, fue la primera semilla de su rebelión interior.

La historia se hizo nítida en esa noche de insomnio. Aquella mujer, casi de su edad, que se impuso con coraje, no en una lucha de mujeres contra hombres, sino en su deseo de lograr igualdad social.

Aquella corredora[1] que no permitió que le arrebataran sus sueños y, disfrazada de hombre, se introdujo en la maratón de una ciudad lejana, Boston.

Sheila siente palpitar su corazón, como si estuviera corriendo junto a ella que, cuando iba a ser detenida, corrió más fuerte y ganó. No solo se coronó, sino que demostró que hombres y mujeres tienen las mismas capacidades.

—¿Por qué no podemos demostrar lo que sabemos, para que nos puedan evaluar, para que vean que no somos diferentes? —pensaba.

Antes del amanecer, despertó a Yamila indicándole silencio, tomó la bolsita y salieron, como fugitivas, cuando el sol despuntaba. No miró hacia atrás, miraba hacia el astro rey que asomaba, como deseaba asomarse ella a otra vida.

Un autobús las depositó frente a la embajada de los Estados Unidos. Apretó con fuerza la mano de su hija y se encaminó resuelta hacia el imponente edificio.

Allí, mientras esperaba, temblaba al pensar que podían encontrarla. Sabía cuáles serían las represalias. Pero daba igual, de todos modos, así era una muerta en vida.

Rememoró otro libro, el que terminó de impulsarla a estar donde ahora se encontraba. Recordó que el hombre llegó a la

---

1 Bobbi Grib. BOSTON, 1966.

luna, gracias a los cálculos de increíbles mujeres matemáticas.[2] Mujeres que no solo se abrieron camino, imponiéndose en género, sino también en raza, ya que eran afroamericanas, y en capacidades, pues con el aporte de sus investigaciones, hicieron posible la primera órbita alrededor de la Tierra. Años más tarde, lograron que el hombre llegara a la Luna.

Sheila piensa que recién hace muy poco se dio a conocer este increíble trabajo.

—¿Por qué demoraron décadas en anunciarlo?

El silencio habla de machismo, racismo, desigualdad.

—Sheila Amos —resuena en el salón la voz de un empleado.

Se acerca al mostrador, tiembla mientras de ese pequeño bolso extrae algunos papeles. Su voz suena entrecortada, los minutos se le hacen horas, hasta que ve esos sellos que le permitirán lograr la libertad que tanto anhela.

Octubre 2019 — Boston

Sheila se encamina hacia la Universidad. Viste un pantalón y una blusa de seda. Su cabello suelto ondea y cae en cascada sobre los hombros. Está junto a su hija, médica recibida unos años atrás, y espera para entregar el diploma a su niña menor, novel abogada.

Sonríe, ha logrado su propósito. La mayor trabaja junto a profesionales hombres; la pequeña ha comenzado a hacerlo en un bufete con colegas varones. Todos unidos por amor a su profesión, sin mediar competencias. Han logrado traspasar la barrera en donde las mujeres eran consideradas inferiores.

2 Katherine Johnson, Dorothy Vaugham, Mary Jackson. NASA 1960.

Piensa en aquella corredora, en aquellas afroamericanas que comenzaron la lucha y cuyas historias le dieron coraje para ser hoy, ella y sus hijas, mujeres con igualdades de género, de raza y de capacidades.

El jurado

Susana Gisbert

¡Maldita sea la hora en que acepté ser jurado! No sé en qué narices estaría pensando para decir que sí tan alegremente.

No dejaba de repetírmelo una vez y otra mientras, al otro lado de la pared, el conflicto seguía enquistado.

Me dijeron que iba a ser sencillo. No tenía más que leer cada uno de los relatos y puntuarlo como me pareciera. La dueña de la editorial, amiga de mi amiga Mara —que el diablo la confunda — me metió en el lío y me explicó que mi papel era hacer de contrapeso, que había un escritor atormentado al que todo le parecía mal y una escritora de novelas románticas a la que todos le daban pena y les otorgaba buena puntuación. Yo no tendría que hacer nada más que aportar sentido común.

En ello estábamos cuando recibimos la llamada de Mara. En la editorial se habían enterado de que una de las participantes era una chica con síndrome de Down, y estaría bien que miráramos su relato con especial cariño. Se me llevaron los demonios, y por más de un motivo. Nada en la plica que presentaban debería indicar un dato así de la autora, y mucho menos debería influir en nosotros. Solo insinuarlo era un insulto.

Aún había más. Aunque ganara aquella chica, no tenía por qué hacerse pública otra cosa que su nombre, y nadie tendría por qué saber que tenía síndrome de Down. Salvo, claro está, que apareciera algún oportuno periodista acompañado de una cámara no menos oportuna a la recogida de un premio que nunca había sido objeto de más atención mediática que, con suerte, una reseña de cuatro líneas al final de algún suplemento cultural.

Cuando recibimos la llamada, me temí lo peor. Pensé que íbamos a enfrascarnos en una discusión eterna, que a la escritora romántica le daría pena y al escritor atormentado le daría rabia y a mí me tocaría hacer una mediación imposible. Los subestimé. Ambos se indignaron con la editorial por siquiera insinuarlo y dijeron que abandonarían el jurado si les obligaban a tomar una decisión así. Y yo me quedé sin nada acerca de lo que mediar. No podía estar más de acuerdo.

Le comunicamos a la amiga de Mara —el diablo la siga confundiendo— nuestra decisión inapelable. Ni siquiera queríamos saber cuál era el título del relato de aquella chica para impedir que afectara nuestra decisión.

Después de oír unos cuantos gritos al otro lado de la pared y de una tensa conversación con la representante de la editorial, decidieron que seguiríamos y que sería con nuestras condiciones.

Así fue, y reconozco que los lazos con mis compañeros de tarea se estrecharon con un vínculo que ha perdurado después de aquello. No tardamos gran cosa en ponernos de acuerdo. Cuando recogió el veredicto, la amiga de Mara —que el diablo la haya confundido para siempre— evitó mirarnos a la cara.

Yo tenía claro que nunca más me llamarían de la editorial cuando vi en la pantalla de mi móvil el número de la oficina. Me invitaban a la entrega de premios que se celebraría en un par de semanas.

Acudí y compartí palco con mis amigos, el escritor atormentado y la escritora romántica. No era la primera vez que nos veíamos desde que fuimos jurado. Ahora quedábamos todos los miércoles a tomarnos unas cañas.

Cuando llegó el momento de desvelar quién había ganado, miré alrededor de la sala. Ni un periodista ni una cámara en varios kilómetros a la redonda. Y, la verdad, fue una lástima. De haber estado allí hubieran hecho un fantástico reportaje sobre la ganadora, una joven con síndrome de Down, que se había alzado con el galardón con un relato titulado «El jurado».

Hija, tú vales

Eulalia Rubio

A mi madre.

Era un día luminoso de esos que Valencia acostumbra a regalarnos. Yo tenía veintiséis años y apenas me había estrenado como arquitecta técnica. Me dirigía a mi primera entrevista de trabajo, nada menos que a la Consellería de Cultura. Mientras cruzaba el *Pont del Mar*, observaba los bellos adornos de la escalinata y el musgo crecido en las juntas de los sillares de piedra caliza. Ya me veía cruzando ese precioso puente a diario.

Cuando llegué a la sala de espera del Departamento de Obras, me encontré a Martín, un antiguo compañero que también estaba citado. «¡Vaya, Emilia! Creo que acabamos de convertirnos en competidores», me dijo. «Eso parece. ¿Cómo te va?». «Empezando. Tenía muchas ilusiones puestas en esta entrevista, pero viéndote a ti…»

Supongo que lo decía por mis notas, que siempre superaban las suyas. En ese momento entró el Arquitecto Jefe. Yo fui la primera en pasar al despacho. Por ser mujer, noté esa deferencia que hacían a veces con nosotras cuando entrábamos a cualquier sitio.

La entrevista fue muy amena. Hablamos del trabajo que allí se realizaba, de la cantidad de documentos e informes que había que despachar a diario, pero nada de construcción y proyectos, que era lo que yo esperaba. Me dio la impresión de que ya lo tenían todo decidido. Y, efectivamente, no fui la elegida.

Para compensarme me adjudicaron la dirección de tres rehabilitaciones de casas-palacio del Centro Histórico. En todas ellas los comienzos fueron humillantes.

En la primera obra que visité, el arquitecto con el que tenía que compartir la dirección, me invitó, con una voz que achantaba, a dividir mis honorarios profesionales con el arquitecto técnico de su estudio particular. «Es una buena oferta», me dijo. «No tendrás ni que pasar por la obra». ¡Bonita forma de estrenarme!

Pedí consejo a mi sabia madre, que siempre me sacaba de todos los atolladeros. Ella me contestó: «No lo aceptes de ninguna manera. Tienes que mantenerte en tu sitio». Al día siguiente fui a consultar al arquitecto de la Consellería. Él me dio prácticamente la misma respuesta, y dijo que no volvería a dar más encargos a esa clase de gente. A continuación, me confesó que se equivocó al elegir al otro compañero, que me tenía que haber seleccionado a mí. ¡Una pena que se diera cuenta tarde!

Volví a ver al interfecto y le comuniqué mi decisión. Me salió con una sentencia: «Más vale perder que perder más». Y la cumplió, no me dirigió la palabra en todo el tiempo que duró la obra, pero yo me las arreglé para hacer bien mi trabajo.

En la segunda rehabilitación, me había citado en la puerta del edificio con el constructor. Llegué antes que él. Uno de los albañiles que había allí dijo en voz alta: ¿Qué se le habrá perdido aquí a esa tía?» y el otro contestó: «Si quiere algo, que lo diga». En ese momento llegó el empresario. Se dieron cuenta de su metedura de pata y entraron al edificio corriendo. Fue tragicómico.

La tercera fue la peor. Al llegar al vallado de la obra, había un albañil joven cavando una zanja. Al verme soltó: «Te la metía hasta el cuello» y otros improperios de semejante calibre.

Seguí caminando, roja de ira y de vergüenza. Después me vio visitando la obra como arquitecta. Lo miré con desprecio. Se metió en la zanja y bajó la cabeza, no sé si avergonzado o acojonado.

Con el tiempo, fui creciendo profesionalmente. Cuando dirigía la ampliación del Aeropuerto, me comunicaron que iba a tener a mi cargo a un ingeniero. Por el nombre reconocí a un jefe que tuve en mis comienzos. Recordé con desagrado que, en una ocasión, me llamó a su despacho para hablar a solas de un nuevo proyecto. Cerró la puerta y, abalanzándose sobre mí, me dijo que él le había puesto las llaves de un Mercedes encima de la mesa a un alto cargo y que, si yo quería, podía tener uno igual. Le empujé y salí del despacho.

Con rencor contenido, comuniqué a la Dirección del Aeropuerto que ese señor no era apto para desempeñar el trabajo a pesar de su curriculum, que si querían más información, se la daría personalmente.

Han pasado muchos años. Acabo de jubilarme. No sé por qué me han venido a la cabeza estas anécdotas de mis comienzos profesionales. Quería dejar constancia de ellas ahora que, afortunadamente, hemos avanzado tanto las mujeres.

La rampa

Gema Blasco

25 de mayo de 1985

Debo confesar que me cayó mal a primera vista. Es la típica profesora amargada.

Aunque tú provoques dolores de cabeza a diario, ten en cuenta que eres diferente. Vives dentro de otra realidad y no admites invasores en ella, más que los consanguíneos. Por pura supervivencia.

Yo solo pedía una rampa y he acabado enjuiciada por el APA y los profesores.

Estoy acostumbrada a luchar por ti, pero no me gusta perder las batallas.

La puja comenzó el mes pasado, cuando al fracturarte el tobillo del pie izquierdo, te colocaron escayola. Día tras día, subías las largas tandas de escaleras a la pata coja, teniendo como apoyo tan solo una muleta, mientras eras azuzado por tus compañeros, sin demasiada empatía. Ella, tu tutora, no te preguntó ni una sola vez cómo estabas, tan solo le preocupaba tu rendimiento escolar. Intuía que sería más bajo y no se equivocaba.

Aunque para ti, todo aquello, por increíble que me pareciera, fue una de tus mayores aventuras. ¡Te encantan los retos! Es lo que tiene tener diez años.

Llegué a oírte susurrar un cuento; para ti solo. En él contabas cómo un joven tullido llegó a ser maestro de artes marciales de otros muchos, por tener la adquirida y trabajada habilidad de sostenerse sobre una sola pierna, ¡durante horas!

Así que, contagiada por tu ánimo, realicé la solicitud de una rampa portátil de madera, tras dos semanas de suplicio. Ya que no había dinero para un ascensor, al menos les facilitaríamos las cosas a los siguientes «equilibristas improvisados». Porque para ti seguramente no llegaría a tiempo. Era cuestión de colocarla en la entrada del colegio, para facilitarte el acceso, y de allí travesar los pasillos, con una silla de ruedas que había logrado conseguir, y pensaba ceder luego a la congregación de monjas que administra el recinto escolar.

Pero no entiendo por qué todos han ido contra mí; el APA me ha tachado de poco práctica, y cambió mi propuesta por otra en la que se pedía una rampa antideslizante de cemento. Las monjas se han sentido ofendidas por tener que gastar tanto dinero por mi culpa. Y la puñetera de la profesora se ha atrevido a decime, a la cara, que era igual de rarita que mi hijo y que ya tenía ganas de que acabara este curso, para así perdernos de vista.

Tras lo cual no he aguantado más, y sin pensarlo mucho, te he cambiado de colegio.

Dejo por escrito lo sucedido, porque en caliente se cuenta todo mejor, y quizá ahora no estés preparado para escucharme. Pero sé que con los años vas a leer mis letras y entonces comprenderás bien mis motivaciones.

Espero que las apruebes; al fin y al cabo, allí no tienes amigos. Aunque no te preocupes, ya vendrán. Los cambios nos hacen fuertes.

¡Te quiero!

19 de noviembre 2019

Querida madre, por desgracia ya no te tengo conmigo y he de recurrir a escribir al cielo, al menos al de mis nubes, para poder hablar contigo.

Tú siempre fuiste tremendamente resolutiva, cosa que nunca acabaré de agradecerte lo suficiente.

Te alegrará saber que hoy en día las rampas son obligatorias en los edificios públicos y los accesos para discapacitados algo normal. Aunque los coches aún no vuelan. ¡Qué decepción! ¿Verdad?

Debo contarte que los amigos llegaron. Tenías razón. A pesar de ser un asocial diagnosticado. Aun después de tu marcha y del gran vacío que me dejaste. Pero igual eso tú ya lo intuías.

¡Te quiero!

Mi voz

Sonia Mele

Desde que nací soy diferente. Dicen que soy especial, pero ser especial no siempre es del todo bueno. Lo sé porque, aunque no pueda hablar, no estoy sorda y los demás hablan de mí, esté yo delante, o no. Piensan que no soy capaz de entenderles. Intento decírselo, pero no me salen palabras, solo sonidos que ellos no comprenden. Mis padres me conocen muy bien y saben cuando estoy contenta o enfadada, si me duele algo o si no me gusta la comida que me han preparado. Mi madre es increíblemente buena y rápida interpretando todo lo que siento o lo que me pasa.

La verdad es que me concentro para hacer las mismas cosas que hacen los demás, pero mis músculos se obstinan en moverse por su cuenta. El brazo y la mano izquierda los tengo más dominados que el resto, y me entreno a todas horas. Seguro que algún día conseguiré coger lo que quiera. Cuando mi madre ve que alargo el brazo hacia algún objeto, me lo pone en la mano y cierra mis dedos para que pueda sostenerlo. Es una sensación genial y, siempre que pasa, grito de alegría.

He oído que, antiguamente, a los que nacían como yo los dejaban encerrados en sus casas y, a veces, solo los familiares o amigos más íntimos de la familia sabían que existían. No me puedo imaginar tanta soledad y tristeza. Es verdad que nuestra vida y la de nuestras familias es muy dura y que, en la sociedad, todo pasa muy rápido mientras que nosotros necesitamos mucho tiempo para cualquier cosa que hagamos. Pero no es justo que los apartaran. Merecían conocer sitios y personas diferentes. Merecían vivir todo lo que sus capacidades les permitieran. Yo voy con mis padres al parque, la playa, el oceanográfico, a conciertos, de compras, a comer a restaurantes... Cuando comemos fuera llevan mi propia comida, ya que tengo que comer triturados, aunque también me dan a probar algunas cosas con las que no me pueda atragantar. La verdad es que prefiero los sitios abiertos y en los que no haya demasiada gente porque me agobio, pero me encanta salir de casa. Otra de mis aficiones favoritas es la música.

Voy a un *cole* especial, como mis compañeros y yo. Allí trabaja mucha gente; son todos muy amables y tienen mucha paciencia. Jugamos a un montón de juegos, a veces por turnos, porque algunos de nosotros necesitamos de las maestras para movernos. Ellos a eso lo llaman estimulación. Los juegos a veces son divertidos y otras no. Al fin y al cabo, no podemos elegir a lo que jugar en cada momento. A mí me están enseñando a utilizar un aparato electrónico con imágenes y salida de voz para poder comunicarme a través de él, sin necesidad de hablar. Todavía no he conseguido manejarlo, pero cuando lo haga, no pienso callarme.

Y lo mejor es lo que mi fisioterapeuta les ha dicho a mis padres. Han inventado un aparato que se llama exoesqueleto. Todavía están probándolo, pero han pensado que algunos de mis compañeros y yo podremos ponernos de pie con él y movernos por nosotros mismos. Pareceremos robots, pero será fantástico y muy divertido. Mis padres están muy ilusionados y yo muchísimo más. Aún falta algo de tiempo para eso, así que yo seguiré entrenando por mi cuenta, que ganas no me faltan. Primero dominaré del todo mi mano izquierda y luego me esforzaré con las demás partes del cuerpo.

No dimito

Lou Valero

Casi no puedo sujetar la cabeza. Llevo una semana sin dormir apenas porque me atormenta la idea de que mi vida esté en peligro.

Hace unos días recibí una llamada telefónica nocturna. Oí la respiración profunda de una persona y ni una sola palabra. Al principio pensé que alguien se había equivocado y me jorobó un poco; a las dos de la mañana, justo cuando ya había conciliado el sueño, no era precisamente grato que me despertase el teléfono y nadie diera señales de vida al otro lado. Incluso me asusté porque a esas horas yo, que soy muy alarmista, pensé que podía haber pasado algo grave. Colgué, molesta, y seguí durmiendo.

Al día siguiente, a la misma hora, sonó el teléfono de nuevo. La misma ausencia de voz al otro lado. Colgué indignada, la bromita ya estaba siendo un tanto pesada.

Al tercer día volvió a ocurrir lo mismo y lancé todo tipo de improperios a través de la línea telefónica. Cuando ya iba a colgar se oyó una extraña voz distorsionada, como si la emitiese algún aparato de esos que salen en las películas de espías. La voz simplemente dijo: «Dimite. Una mujer no es digna del puesto que ocupas», y colgó.

Me quedé con el teléfono en la mano y la boca abierta. ¿Qué significaba esto?

Desde entonces, todos los días suena el teléfono y se repite la misma historia. Yo no contesto e intento averiguar quién puede estar gastándome esta broma de mal gusto que, ahora sí, ha empezado a inquietarme. Pienso todo el día en ello y no soy capaz de dormir. He tenido que pedir unos días libres en el trabajo porque no me puedo concentrar, y la casa está patas arriba.

Hace dos días este episodio tomó un ritmo insólito. A la misma hora, las dos de la mañana, sonó el timbre de la puerta. Me acerqué con cautela, a oscuras. Miré por la mirilla y la luz del rellano estaba encendida, pero no había nadie, o yo, por lo menos, no vi a nadie. Cuando me disponía a volver a la cama a arrebujarme entre las mantas, resbalé con un sobre que alguien había deslizado por debajo de la puerta. Corrí hacia la habitación y, de lo nerviosa que estaba, lo destrocé al abrirlo. En el interior había veinticinco fotografías mías tomadas en mi puesto de trabajo, y en todas ellas mi cabeza aparece rodeada con un círculo. Debajo, con tinta roja, hay escrita una frase: «dimite o morirás».

He tenido que hablar con la policía. Me niego a perder el trabajo que tanto esfuerzo me ha costado conseguir. Me merezco el puesto, nadie me ha regalado nada. Si ostento este cargo, es porque tengo la capacidad suficiente para desempeñarlo. Mi condición de mujer no tiene nada que ver en ello. ¿Aún existe alguien que ponga en duda que las mujeres y los hombres tenemos la misma capacidad para ejercer empleos directivos?

La policía me ha aconsejado prudencia. Las investigaciones demuestran que no soy la primera mujer a la que han amenazado con el mismo método. Desde hace cinco años, ya son siete las mujeres víctimas de un supuesto asesino en serie que actúa del mismo modo. No puedo creer que me encuentre envuelta en un caso semejante.

Suena de nuevo el timbre y me encojo en la cama, no me muevo, me tapo hasta la cabeza. Intuyo que, si no hago ruido, creerán que no estoy en casa y quien esté al otro lado se irá, pero nada más lejos de mis deseos. Oigo cómo manipulan la cerradura de la puerta y, tras unos minutos, chirría al abrirse. Unos pasos, lentos y firmes, se dirigen hacia mi habitación. Tiemblo y me quedo despersonalizada, como si de repente toda yo fuera hueca. Floto. Me envuelve un silencio espantoso, dejo hasta de respirar.

En breve todo habrá acabado.

No prejuzgarás

Inma Sastre

Es la hora del recreo y por primera vez desde que llegó al instituto, un compañero se acerca a Gervasio y le pide que juegue al fútbol con ellos. Se lo han dicho porque uno de los jugadores está enfermo, no porque él sea amigo de ninguno, que él no tiene amigos, ni en este ni en el otro colegio. A él no le gusta compartir su tiempo con los otros chicos, le gusta pasear y dar patadas a las piedras, no a los balones. Él no quiere jugar, entre otras cosas porque no sabe, sin embargo, les dice que sí. Lo hace por Mayte, la psicóloga, que cada jueves le repite que tiene que socializarse.

Gervasio ve que algunos de sus compañeros agitan los brazos, otros se llevan las manos a la cabeza, pero él, que de gestos no entiende, continúa corriendo. Al final escucha:

—No, Gervasio, no. No chutes a esa portería que es la nuestra.

Y para una vez en su vida que mete un gol, va y lo hace a su propio equipo.

Le aparece el tic nervioso de la pierna, ese tic que le entra cuando se siente culpable y que no puede controlar por mucho que lo desee. Y por el disgusto que tiene es por lo que no se come el bocadillo, el bocadillo de chorizo, el bocadillo de todos los días.

En la fila de subida a clase le dice a una compañera que tiene los zapatos sucios, y ella le contesta: «A ti que te importa». Sí, a él si le importa que ella lleve los zapatos sucios, y todavía le importa más que le grite, pues le molestan los ruidos y los sonidos altos y, también, porque él tiene sentimientos, aunque no entienda de sentimientos de los demás, ni de caricias, ni de abrazos, ni de besos.

En la puerta del aula está esperando un profesor nuevo. Dice que es el sustituto del profesor de Geografía y que se llama Álvaro, aunque Gervasio decide que le llamará Pedro, ya que se parece mucho a Pedro, el profesor de Sociales del otro colegio, y así será como si no fuera nuevo, pues a él no le gustan los cambios. Gervasio está sentado, con la cabeza inclinada y la barbilla apoyada en su mano derecha y mira hacia la ventana, también tiene la boca entreabierta, ya que cuando piensa, a veces, abre la boca. Entonces, el profesor dice:

—A ver, el *empanao* que está pensando en las musarañas.

Gervasio sigue mirando por la ventana y su compañero de pupitre le da un codazo.

—Gervasio, que te está hablando a ti.

Pero Gervasio que ni le gustan, ni entiende de bromas ni de ironías, no sabe lo que es estar *empanao*, ni mucho menos sabe qué quiere decir pensar en las musarañas, porque él en lo que está pensando es en lo mal que lo ha hecho en el partido de futbol.

—¿Nos podrías hablar sobre el Sistema Solar?

Y Gervasio, que no entiende de futbol, ni de gestos, ni de sentimientos, ni de bromas o ironías, pero que sí que entiende del Sistema Solar, se pone de pie, dirige sus ojos hacia el suelo y contesta:

—El sistema solar pertenece a la galaxia conocida como Vía Láctea. Se formó hace unos 4.600 millones de años a partir del colapso de una nube molecular. Los cuerpos que forman el sistema solar son: el Sol, que es el único cuerpo celeste del sistema solar que emite luz propia, debido a la fusión termonuclear del hidrógeno y su transformación en helio …, y así ha continuado con la explicación durante un buen rato.

El profesor, que había prejuzgado a Gervasio, se queda con la boca abierta, tanto o más abierta que la tenía Gervasio mientras pensaba en el partido, que no en las musarañas, porque él no sabe pensar en musarañas.

Aunque Pedro o Álvaro, o como quiera que se llame el profesor nuevo, diga que Gervasio es un *empanao*, él no es un *empanao* sino un *aspis*, un *asperger*, y él puede hacer cosas extraordinarias, porque dice su madre que hay personas igual que él que ya las han hecho, como Einstein, Bill Gates o Mozart.

Rozando la perfección

Aurora Rapún

Hoy he salido a almorzar con el nuevo compañero de trabajo. Hace ya un par de semanas que se incorporó, pero siempre vamos muy mal de tiempo y no había encontrado el momento de dedicarle la media hora de que disponemos para saciar el hambre a media mañana.

Nos hemos sentado en el rincón más soleado. Las tostadas de tomate que nos ha servido el camarero sobre una base de pizarra negra las hemos compartido en silencio, mientras la gente pasaba apresurada al otro lado del cristal.

No se ha mostrado muy hablador y eso es algo que, lejos de molestarme, me ha provocado alivio.

Ha sido un descanso francamente agradable. De vez en cuando, le he lanzado alguna pregunta sobre sus proyectos futuros y él me ha respondido con ilusión pero con una sombra de duda en el tono. Yo le he animado a perseguir sus sueños porque de verdad creo que puede alcanzarlos.

Desde que Antonio se unió a nosotras, no ha llegado tarde ni una sola vez. Jamás se ha quejado, ni suspirado, ni resoplado, ni se ha mostrado cansado o hastiado. Siempre realiza sus tareas con la máxima concentración y nunca se equivoca.

Si bien es cierto que trabaja con un contrato de prácticas y procuramos encomendarle aquello para lo que sabemos que está preparado, hay que reconocer que nos sorprende su profesionalidad y seriedad.

Son dos cualidades que chocan un poco con su juventud y con el hecho de que no esté especializado en nuestro campo.

Los profesores del centro en el que estudia se pusieron en contacto con nosotras hace unos meses. Nos comentaron que tenían varios alumnos que estaban a punto de concluir el ciclo y que necesitaban que realizasen prácticas laborales en un entorno real, con responsabilidades, problemas y compañeros de verdad. Dijeron que habían pensado que Antonio podría ayudarnos en varias de las funciones que realizamos habitualmente y que seguramente encajaría. Nosotras nos mostramos enseguida receptivas porque siempre nos vienen bien un par de manos para ordenar y clasificar. En cuanto le explicamos el funcionamiento de nuestras tareas, las asumió como propias y enseguida sentimos que formaba parte del equipo.

Tenemos una compañera con la que se lleva especialmente bien. A veces le anima a que se siente un poco y beba agua o descanse porque él es capaz de no detenerse ni un minuto desde que llega hasta que se va.

Le hemos tenido que recordar que dispone de media hora para comerse el bocadillo porque se enfrasca tanto en el trabajo que se le pasa la mañana volando.

Hace un rato ha llamado su tutor para preguntar qué tal se está comportando, para asegurarse de que está cumpliendo bien y de que estamos satisfechas con las labores que realiza. Evidentemente, le hemos dicho que puede enviarlo aquí para las prácticas del año que viene o de cuando sea.

¡Ojalá hubiera alguna manera de contratarlo para que se uniese al equipo de forma definitiva! Pero ya sabemos que eso no es posible, tal y como están ahora las cosas. Tal vez en un futuro, lo podamos conseguir.

La ilusión de Antonio es sacarse el carnet de conducir. Está inscrito en una academia donde le ayudan a prepararlo.

Ojalá lo consiga y vea su sueño cumplido. Para nosotras es un buen compañero y un trabajador incansable y por eso le deseamos lo mejor.

No he comentado que tiene el síndrome de Asperger, pero ese es un detalle sin importancia.

Capítulo IV

Cada vez más iguales en oportunidades

A destiempo

Marta Navarro

Hay personas que mejoran el mundo, ángeles sin alas que nos abrigan el alma y nos la incendian de ternura. Disfrazan de inocencia su poder e invisibles tras su máscara jamás revelan su secreto. Una vez, hace mucho tiempo, uno de ellos detuvo su camino frente a mí. No supe entonces verlo.

—Buenas tardes, doña Adela, saludaba yo cada miércoles, cargada de libros la mochila, extraviada la mente en el partido en que, seguro, ya se habrían enzarzado mis amigos, enfurruñado con autocompasión de criatura por mi triste suerte.

—Pasa, hijo, pasa, sonreía ella, empujando pasillo adelante mi mal humor y mi desgana, acomodándolos con cuidado en la pequeña salita ya dispuesta para la clase.

Matemáticas y literatura. Una tarde a la semana, de cinco a ocho. Aquel había sido el pacto con mamá y yo debía respetarlo. En juego andaban las vacaciones y una sorpresa de fin de curso que, si todo iba bien, me había ella prometido.

Ovillada en su rincón ronroneaba Luna, una gatita ciega con aires de princesa que solo toleraba las caricias de su dueña. Arisca y orgullosa como una zarina rusa.

Mientras yo esparcía por la mesa rotuladores y cuadernos, un ojo pendiente de Luna, ofendido en secreto por su indiferencia, doña Adela preparaba la merienda en la cocina: chocolate caliente y un riquísimo bizcocho de nueces y canela, sospechosamente parecido al de *Rosales*, la panadería del barrio, que el duendecillo travieso que habitaba en sus ojos juraba con descaro haber horneado esa misma mañana para mí. Yo reía su broma a carcajadas, ella fingía escandalizarse de mi incredulidad, se hacía un poquito la ofendida y guiñaba luego un ojo con picardía. Siempre fue buena cocinera pero por nada del mundo, decía con sorna, aspiraba a aquellas alturas de la vida a convertirse en una de esas cándidas abuelitas a un delantal pegadas, repleta la nevera de tartas y compotas. Había tanto por hacer, tanto todavía que aprender...

Era aquella devoción suya por el estudio, por la belleza, por las artes y el saber, la ilusión tan sincera y evidente con que acogía nuestros avances, nuestros pequeños triunfos y progresos, lo que la convertía sin duda en una mujer distinta y especial, lo que después de tantos años, aún hoy, de ella guarda mi recuerdo.

Entre ecuaciones y poesía, me hablaba algunas veces de su infancia de niña pobre, del hambre y de una guerra tan ajena, tan lejana entonces para mí como las de Troya o el Peloponeso.

En la habitación del fondo, la última del larguísimo pasillo que recorría la casa, Gene Kelly cantaba bajo la lluvia para un marido enfermo de olvido y desmemoria. Disfrutaba el hombre cada tarde la película como si la viera por primera vez, hechizado por una peripecia y unos personajes que de inmediato olvidaba para enamorarse de ellos de nuevo poco después.

Los primeros síntomas de la enfermedad, contaba ella, habían aparecido por sorpresa, años atrás, recién apenas jubilado: imágenes y palabras se desdibujaban veloces en su mente, perdía el nombre de las cosas, llamaba a gritos a la madre y, sin consuelo, lloraba hasta dormirse algunas noches. Poco a poco, implacable, el mal avanzó y al fin, él, un hombre que jamás había estado enfermo, se transformó en un ser desvalido y frágil. Se les quebró el futuro. Y la vejez amable y tranquila que un día planearon saltó en pedazos.

—Ay, hijo, no me hagas caso —se disculpaba de pronto—, los viejos arrancamos a hablar y parece que nos dieran cuerda.

Y volvíamos, sonrisa en los labios, cabeza entre los libros, a despejar incógnitas y farfullar poemas.

Llegó por fin el temido fin de curso y sus exámenes y ¡qué nerviosa recuerdo a doña Adela aquellos días!

Pero... ¡Aprobó!

Feliz con su diploma bajo el brazo, ella reía y lloraba a un tiempo. Consolaba en lo más hondo de su alma a la niña que fue, a aquella niña solitaria, sin padre y sin escuela, ansiosa por recuperar los años perdidos, a la muchacha y la mujer que después habitaron su cuerpo, siempre sin cicatrizar la herida de su pequeñez y su ignorancia.

Junto a mi madre, olvidado por completo del regalo prometido meses atrás, también yo temblaba de emoción y juro que jamás hubo maestro más orgulloso en el mundo que yo aquel día.

Siguió luego su curso la vida con sus derrotas, victorias, tristezas, alegrías...

Siempre, en algún lugar del corazón y la memoria, permaneció doña Adela. Mi mejor alumna. La primera.

El fin de la travesía

Marina Cruz

Llegué a este país junto a otros, atraído por lo que nos decían y empujado por la necesidad que sufría en el mío. Y no debe tomarse a la ligera la palabra necesidad; esta es tan antigua como la sed y el hambre. Al pisar la tierra prometida éramos menos que en el momento de partir. Algunas almas habían abandonado sus cuerpos. No me detendré a mencionar las causas. Sólo diré que fueron niños los primeros en dejar su cascarón vacío y que los ojos de aquellos padres huérfanos repartían un deambular de sombras que cargaríamos por siempre.

En la segunda parte de nuestro viaje nos metieron en varios camiones completamente cerrados. La falta de aire, un pesar desconocido, nos agobió. Habían dicho que tendríamos pan, frutos, casas donde poder descansar y oportunidades; afirmaron que estas eran iguales para todos. Podríamos estudiar, aprender oficios o dedicarnos al arte. Los dibujos que crearía, con las técnicas de las que había oído hablar, trataban de abrirse paso en mi mente para ayudarme a superar el trance. Al terminar la travesía respiramos en la oscuridad de una noche sin luna.

Nos amontonaron en un edificio desconchado y mohoso. No podíamos salir y no teníamos luz ni agua. Introducían pequeños tanques del líquido esencial y alimentos pasándolos por una cadena de manos que se tejía entre penumbras cada vez más agrias y espesas. Las ventanas se escondían tras gruesas arpilleras y los rayos de sol eran vencidos por ellas.

Como habían prometido, en otra noche sin luna, las primeras familias salieron para ser ubicadas. Después le tocó el turno a algunas más y así fue transcurriendo la diáspora de aquel pequeño submundo. El aguijón del tiempo picaba con fuerza entre los que permanecíamos en el encierro y, por oídas y comentarios, nos dimos cuenta de que siempre se elegía a las personas que no habían pagado la totalidad del traslado. Tenía lógica: debían ponerlos a trabajar para que realizaran los pagos. Cuando nos quejamos contestaron que la prioridad eran los niños y que a los hombres solos se nos dejaba para lo último. Al escuchar aquellas razones, el deambular de sombras de los padres huérfanos me alcanzó con ferocidad y, sin poder dar crédito a la inapetencia, rechazaba los alimentos. Llegó el momento en que los únicos habitantes de aquel reclusorio éramos hombres.

Comenzamos a recibir las visitas de los padres de familia que habían estado junto a nosotros. Nos contaron que había trabajo, que abundaba la comida y que vivían en casas que les arrendaban. Las oportunidades eran buenas, pero se debía ejercitar la paciencia. Gente misericordiosa se hallaba dispuesta a ofrecernos empleo; ellos ya estaban a su servicio. Eso sí, cuando llegaban inspectores de Migración, se tenían que esconder. En cuanto a los documentos, no se podía perder la esperanza; sería un proceso largo y lento, pero saldrían. Les habían explicado la importancia de un cambio de gobierno. El actual era muy contrario a los indocumentados.

Los nubarrones de mi cerebro se desvanecían en la medida que los podía dejar plasmados en las hojas de papel, que me traían junto con los lápices.

Aquellas visitas fueron cántaros de agua fría en el desierto. Pero pronto disminuyeron y al final cesaron. A partir de ahí los minutos se hicieron tan pesados que las agujas no podían dejarlos pasar y estábamos estancados en el tiempo, viviendo las mismas escenas una y otra vez. Fue entonces que la obsesión se hizo carne de mi carne y me empeñé en recrear la mirada de aquellos padres huérfanos que llegaron con ganas de convertirse en niebla. Lo sentí como una misión, pero era tan difícil que debía trabajar día y noche sin tregua. Las hojas me rodeaban; se apilaban en pequeñas montañas. No escuchaba a quienes pedían que descansara; pensaba que en el próximo trazo lo lograría. Ante la impotencia empujé una vela. Comenzaron los gritos y vi como todos salían corriendo. Yo me quedé a observar las maravillosas tonalidades que surgían de mis trabajos.

Los sentidos me llevaron a percibir el crepitar del aroma a lavanda, que llenaba mis mediodías de sol al jugar en el patio de la abuela. Respiré y exhalé por última vez.

El resto de su vida

Magdalena Carrillo

Hipatia inauguró su tienda. Era de oportunidades preciosas. Allí no había nada más que auténticos chollos. Nadie podría permanecer impasible ante todo lo que se exponía en su interior. Cualquiera querría implicarse para lograr una sociedad más justa e igualitaria.

Esa fue, al menos, la idea inicial que tuvo. Nada de chinos, bazares ni baratillos, sino auténticas preciosidades, y para todo el mundo, sin discriminación. Colgó la vieja toga como si de una antigua compañera se tratase y le pidió disculpas por no querer pasar el resto de su vida junto a ella. Se sintió muy feliz al realizar su sueño.

Los problemas llegarían más adelante:

—¿Cómo administraría la igualdad para que hubiera para todos? ¿Igualdad económica efectiva?

—¿De qué manera sería posible sentir vivas las leyes antidiscriminación?

—¿Quién modificaría las leyes?

Nunca había imaginado ni previsto las consecuencias que la ejecución de una quimera podía acarrear en tierra firme.

No pasaba ni un rato en que no entrara un cliente demandando justicia social.

Al poco, otro le contaba cómo había sido discriminado injustamente por su edad y había sido despedido de su trabajo.

—Y... ¿qué pasaba con los impuestos? Para unos, una manera de repartir las rentas, para otros una losa que asfixiaba siempre a los mismos contribuyentes.

Su tienda parecía más un bufete o consultoría, a ratos sentimental, que un simple mercado de gemas raras y valiosas.

Si cualquier persona tiene las mismas posibilidades de acceder a unos mínimos niveles de bienestar social y sus derechos no son inferiores a los de otros, ¿por qué seguían existiendo diferencias por motivos de raza, sexo, etnia, edad, religión o identidad sexual? ¿Qué sucedía con la aplicación de las leyes? Y ¿qué decir de la violencia machista como una secuela de la falta del bienestar personal?

Lamentablemente, para Hipatia fallaba la primera premisa. No todos tenían las mismas posibilidades. Y ahí era donde ella quería incidir para conseguir una sociedad más igualitaria en la que sí fuera real y posible el principio de la igualdad de oportunidades.

Muchos se acercaban a su tienda pensando en hacer un regalo y, con ojos asombrados, tan abiertos como platos, se llevaban el más valioso de todos los regalos.

—«Con 20 gotas de este jarabe antes de cada comida desaparecerá el fantasma del ansia insatisfecha. Usted será una persona equilibrada y tranquila, que no solo se ocupará de los beneficios de su empresa sino de los beneficios del capital humano que trabaja para usted. De sus derechos y necesidades».

—«Un ligero masaje en las manos y pies con este ungüento al anochecer y nunca más volverá a desear pegar ni a su mujer ni a ninguna otra». En los reincidentes, las manos quedaban atadas de por vida, puesto que las agresiones sexuales, del tipo que fueran, se castigaban severamente.

Parches contra la discriminación eran colocados en diferentes partes del cuerpo de sus clientes: en la cabeza para la mente, en las piernas, en las manos, en el sexo y en el estómago donde —según la vendedora — los humores se agriaban y las personas se convertían en enfermos de angustia crónicos.

—«Mueva los bolsillos sin parar». Un jolgorio musical de cuentas y canicas de colores sueltas y bailonas en su interior repartía, al caminar, sonidos, alegría y riqueza entre los más necesitados.

—Los gemidos y voces que Hipatia soplaba en el oído interno de los energúmenos hacían que estos se tragaran sus exabruptos, insultos y malas formas en el diálogo y pareciesen refinados y educadísimos corderitos.

—Tisanas de hierbas contra la estupidez, la soberbia y el ansia de poder eran los brebajes que mandaba tomar cada noche al acostarse.

Sin duda, aunque la igualdad de oportunidades no existiera como tal en el país donde Hipatia vivía, la amabilidad y la bondad fueron poco a poco instalándose en el carácter y bonhomía de sus habitantes. La revolución silenciosa de los mágicos productos que expendía hizo posible que la vida fuera mucho mejor para todos los ciudadanos.

En la escuela

Amelia Jiménez

Sandra suspiró. La maestra acababa de endosarle a Eva, la chica rara recién llegada de otro colegio. «Tienes que ayudar a que se integre, es una nena especial».

Sacar las mejores notas de la clase, en vez de darle privilegios, le daba quebraderos de cabeza. Casi siempre la sentaban con el más torpe, el más bravucón o la más inútil.

—Hola —fue todo lo que le dijo cuando la niña la saludó.

Ni siquiera llevaba el uniforme obligatorio que vestían los demás. Tampoco parecía que se hubiera duchado en las últimas veinticuatro horas.

—Sacad vuestros cuadernos —dijo la maestra.

Sandra empezó a copiar con una letra limpia y pulcra. Al ver que Eva ni siquiera sacaba la suya, le susurró:

—Ha dicho que saquemos el cuaderno.

—No tengo —respondió Eva, algo avergonzada.

Sandra levantó la mano y, cuando la profesora acudió a su lado, le explicó que su nueva compañera no podía copiar lo de la pizarra.

—Eso lo arreglamos en seguida. ¿Alguien tiene una libreta de sobra? —preguntó al resto de la clase.

Uno de los niños del fondo levantó la mano y le alcanzó una libreta verde.

Eva la aceptó, aunque una sombra de tristeza y angustia recorrió su mirada.

Sandra deslizó un lápiz ante ella y le guiñó el ojo.

La niña nueva comenzó a copiar, despacio, con una letra que parecía la de alguien de menor edad.

Sandra miraba de vez en cuando el progreso de su compañera. Casi toda la clase había terminado de copiar el texto y a Eva aún le faltaba la mitad. Los demás alumnos empezaron a indicarle a la profesora los sustantivos, que ella subrayaba en la pizarra con tiza roja, para que ellos hicieran lo mismo en sus libretas.

—Sandra… ¿qué es un sustantivo? —dijo Eva, en voz baja.

—Pues… una palabra que sirve para nombrar cosas, personas, animales… Como por ejemplo… mesa o Eva. Eso lo hemos dado ya. ¿Tú no?

—Me parece que no.

La maestra pidió a continuación que le indicaran los adjetivos y los subrayó con tiza verde.

—Sandra, ¿qué es un adjetivo? —preguntó Eva.

—Pues… una palabra que sirve para decir cómo son las cosas, las personas, los animales… A ver… la mesa es grande. Grande es un adjetivo. O Eva es… lista. Lista es un adjetivo.

—No, yo no soy lista. Soy tonta —dijo Eva, con voz triste.

—No eres tonta, lo que pasa es que se te habrán olvidado las cosas que has aprendido —contestó Sandra, aunque pensara lo contrario.

Las clases transcurrieron con relativa normalidad, aunque Sandra constató que las lagunas de Eva no solo se referían a Lengua, sino también a Matemáticas, Ciencias Naturales o Geografía. Y mejor no hablar de Inglés: no se sabía ni los colores ni los números del uno al diez.

A la hora del almuerzo, los niños sacaron sus bocadillos, menos Eva, que pidió ir al baño. A la vuelta, tenía delante de su mesa la mitad del sándwich de Sandra.

—No te preocupes. Casi nunca lo como entero.

A mediodía, mientras algunos niños iban al comedor, Sandra vio a la maestra discutir con la encargada. Finalmente, esta hizo un gesto de asentimiento y dejó que Eva entrase en el comedor con el resto. Sandra le sugirió sentarse juntas y Eva sonrió.

Al terminar la tarde, la maestra se acercó a Sandra.

—¿Qué tal?

—Bien… —contestó, mientras recogía sus cosas. Esperó a que Eva se marchara y añadió—: Señorita Bea, ¿qué le pasa a Eva?

—Mira, Sandra, solo te puedo decir que Eva no tiene una familia como la tuya, que le puede comprar libretas, bolis y gomas. No ha podido ir al cole como tú desde que era pequeña y por eso todo le parece nuevo y le cuesta más que a vosotros.

—Y… ¿qué podemos hacer para que vaya a nuestro ritmo?

—Pues lo que esté en nuestra mano. Por eso la he sentado contigo. Sé que eres una niña justa e inteligente y que puedes ayudarla a ir aprendiendo las cosas que no sabe.

Sandra se fue a casa, pensativa. Les contó a sus padres lo que había pasado con Eva.

—A veces, uno no es más listo ni más tonto, sino que carece de las oportunidades que tienen otros para poder estudiar o tener un futuro —dijo su madre—. Ayuda a esa niña en lo que puedas. ¿Quién sabe si llegará a ser alguien importante?

Los dones concedidos

Cristina Cifuentes Bayo

El diez de julio de 1931, justo en el mismo minuto, nacieron, repartidos por todo el mundo, unos doscientos cincuenta niños. Algo más de la mitad, pongamos ciento treinta, fueron niñas. Entre ellas, yo. Eso dicen las estadísticas. Dicen, además, que...

Siete perdieron la vida durante el parto; también algunas de sus madres.

Quince no sobrevivieron a la primera semana.

Otras seis murieron antes de cumplir el quinto año. La mayor parte de ellas, de países de lo que llamamos el Tercer Mundo. Varias habían nacido con malformaciones o enfermedades genéticas. Sin embargo algunas, en circunstancias similares, sobrevivieron. Eran niñas de países desarrollados o cuyos padres tenían los recursos suficientes para solventar durante un tiempo los problemas que les ocasionaban. El resto fallecieron por desnutrición, por enfermedades adquiridas por falta de agua y de higiene, por epidemias y contagios.

En 1936 quedaban, según estos datos, unas cien niñas que habían nacido el mismo día del mismo año, a la misma hora y en el mismo minuto exacto. Podrían haber sido solo tres de ellas en el mismo país, el mío. Una en Madrid, por ejemplo. Otra en Barcelona. La tercera en una carreta, camino del pueblo donde la partera podría atender a la madre primeriza.

De aquel centenar de niñas, la mayoría fueron escolarizadas y aprendieron, al menos, los rudimentos básicos para poder hablar, leer, escribir y contar. Cada una en la lengua de su país. Pero ni siquiera la mitad escuchaban un cuento al irse a dormir: repartidas entre varias ciudades chinas, por ejemplo, una docena de criaturas dormían en salas grandes, sobre jergones metálicos, con apenas una manta para cobijarse del frío, rodeadas de otras huérfanas, niñas abandonadas.

Imagino que mi hermana del tiempo madrileña fue trasladada a Rusia en un tren. Sola entre muchos otros «niños de la guerra». Y que los padres de mi hermana gallega se fueron a México poco tiempo después. En la Galicia de la posguerra no había oportunidades para ellos. Nunca volverían. Si lo hubieran hecho, probablemente nos habríamos encontrado a lo largo de los innumerables minutos transcurridos en nuestras vidas.

Supongo un pequeño goteo de jóvenes niñas muertas a lo largo de los años cuarenta y cincuenta. Las guerras, las hambrunas, la miseria; ciertas costumbres tradicionales y enfermedades diversas continuarían diezmando a este grupo de mujeres marcadas por un minuto exacto en la historia de un mundo cambiante en el que cada día aparecían nuevas formas de morir. Accidentes laborales y de tráfico, enfermedades sorprendentes, intoxicaciones, catástrofes naturales.

¿Cuántas de mis hermanas de nacimiento acarreaban agua durante horas o trabajaron en el campo recogiendo algodón, café u olivas? ¿Cuántas en las fábricas? ¿Cuántas estudiaron y dedicaron su vida a la investigación, a la docencia, a la salud? ¿Cuántas se casaron y tuvieron hijos? ¿Cuántas sobrevivieron a sus partos? ¿Cuántas a un marido alcohólico que las maltrató? ¿Cuántas murieron antes de cumplir treinta, cuarenta, cincuenta años? ¿Cuántas estuvieron en la cárcel, cuántas fueron exiliadas, cuántas cruzaron continentes u océanos, huyendo de una vida imposible? ¿Cuántas llegaron a la jubilación y conocieron a sus nietos? ¿Cuántas fueron, son, serán felices? Es imposible saberlo.

Ayer fui a escuchar a una escritora a la que admiro mucho. Al finalizar el acto de presentación de su último libro, me coloqué en la fila de los fascinados y esperé para que me dedicase un ejemplar. Aunque llevo ya unos años en Canadá viviendo con mi hija y nietos, mi inglés no es tan fluido como quisiera. Aún así, al darle mi nombre para la dedicatoria, le comenté que ambas cumplíamos, ese mismo día, los mismos años:

—¿A qué hora nació usted? —me preguntó, sonriente y sorprendida.

—Mi madre me dijo que al mediodía. Faltaban pocos segundos para las doce.

—¡Qué coincidencia! —contestó—. Yo también nací a esa hora. Ambas hemos tenido suerte, somos longevas y amamos la literatura. ¿Habrá alguna otra mujer en el mundo a quien la vida haya concedido las mismas oportunidades? Posiblemente seamos únicas.

¡Le habría preguntado tantas cosas! Pero solo acaricié levemente su mano al recoger mi libro. Sus ojos brillaron con una calidez emocionada. Al salir a la calle, me refugié de la primera lluvia del otoño en un soportal y leí las palabras que había escrito debajo del título:

«Mi vida querida

Compartida, sin saberlo, con Julia,

que me regala el recuerdo del tiempo que transcurrió

sin apenas notarlo

y de los dones que nos fueron concedidos.

Clinton, 10 de julio de 2012. Recién cumplidos nuestros 82 años.»

Pacto de silencio

Miguel Ángel Puerto

A las diez y cuarto de la noche, Damián llega a casa. Pese a estar cansado por el transcurso de su jornada laboral, se muestra amable conmigo. Yo por mi parte le respondo con una sincera sonrisa, como hago siempre. Le sirvo la cena y me siento a acompañarlo, yo ceno más pronto. Mientras come va parloteando, me cuenta cuchicheos de la oficina; cierto que busca alguna curiosidad con la que distraerme. Pues hoy es el día.

Sí, el día en el que mi ya viejo marido (treinta y dos años llevamos casados), realiza la selección de personal para su empresa. Damián es el delegado del consejo de administración y sobre él recae ese duro cometido; se le exige que elija a los mejores, pero con una condición intrínseca de idoneidad.

Observo en su semblante un aire de tristeza cada vez que llega el momento. Por mi parte, procuro no mirarle a los ojos a fin de aliviar un poco su amargura. Ese día me limito a servirle el desayuno y me retiro con la excusa de poner la lavadora o planchar la ropa. Él lo entiende y lo acepta.

Cuando conocí a Damián, recuerdo que se mostró serio y distante, incluso diría que fue un estúpido. Sin embargo, luego me sonrió y se interesó por mí; bueno, esto último sucedió bastante después, en una cafetería donde coincidimos por casualidad, o al menos eso me hizo creer. Fue entonces cuando dijo que le gustaría verme de nuevo. Yo acepté, quizá por pensar que sería mejor no granjearme enemistades. Pero me equivoqué.

Sí, me equivoqué. Pues sus intenciones pasaron a ser sinceras, amorosas, y sobre todo serias. A fecha de hoy puedo decir que es un hombre encantador, pero siempre fuera de su trabajo.

El trabajo de Damián, especialmente ese día...:

—Siéntese por favor —dice a cada candidato. Acto seguido ojea el impreso cumplimentado y hace unas preguntas. Estas van encaminadas o a ampliar la información, o a ser un simple paripé: edad, estado civil, experiencia o idiomas son algunas de las más frecuentes.

Damián cuenta que en las entrevistas se distingue al momento quiénes tienen cargas familiares.

La familia, algo tan importante que no se puede ningunear. De hecho, desde que nació nuestra hija tratamos de evitar el tema. No nos trae buenos recuerdos.

El recuerdo, ese fantasma del pasado que puede perseguirte de por vida. Un recuerdo que me retorna a la amargura de aquel día. Nunca me atreví años después a comentarlo con mi marido. No tengo dudas sobre qué me descartó el día que yo misma me sometí a selección, no fue mi perfil profesional; el criterio era otro.

Poseía un currículum magnífico, mejor incluso que el de mis rivales, pero ellos contaban con una aptitud inherente de la que yo carecía: mear de pie.

Yo meo sentada, y como tal tenía altas probabilidades de pedir bajas maternales y solicitar permisos de lactancia para atender mis futuros hijos... En definitiva, me podía casar.

Damián actuó con todas las consecuencias.

Tengo claro que cuando me pidió matrimonio no fue para compensar el rechazo de mi solicitud. Yo le gusté y él a mí también ¿Para qué negarlo?

Resulta paradójico pensar que los motivos por los que me eliminó en la entrevista (mujer joven, soltera, futura esposa y madre); son los mismos por los que me admitió en su vida personal. Es una dura carga que aumenta cada vez que pensamos en nuestra hija. Algún día, ella podría correr la misma suerte. Lo llevamos en silencio.

El silencio, ese es nuestro cómplice. A él nos aferramos.

Síndrome del corazón roto

Lu Hoyos

María es una mujer fuerte. Su vida ha transcurrido entre muchos amores y algunas muertes. Un vaivén continuo de emociones. Se casó con Andrés, compañero de la Universidad, después de que un revolcón incontrolable, una noche de fiesta, la dejara embarazada.

Él llegó a ser un profesional brillante; ella abandonó sus estudios después de tener a su primera hija. Luego vinieron otras tres.

Ahora los dos descansan de mundanas preocupaciones. Se enrolaron en un proyecto de viviendas colaborativas para compartir los últimos años con un grupo de amigos. No querían ser una carga para sus hijas. Llevan una vida activa, dedican su tiempo a todo aquello que les ha quedado pendiente, reciben visitas y disfrutan de agradable compañía.

Se despiertan abrazados a veces. Viven en un pequeño apartamento que da a un jardín. Al fondo están las estancias comunes. En ellas comparten la vida con los demás.

Una mañana de verano, sentados bajo la sombra de un limonero, María enciende otro cigarrillo más.

—Querida, cuándo vas a dejar de fumar de una vez —le dice Andrés.

—Ya sabes que no puedo.

—Anda, apaga ese cigarrillo y vayamos a dar un paseo.

Después de un par de caladas más, lo aplasta en el cenicero. Ella quisiera dejarlo, pero su ansiedad le anula la voluntad.

A veces piensa qué habría sido de ella si no hubiera abandonado su carrera. Si no hubiera tenido hijas, ni nietos. Si se hubiera dedicado un poco más a sí misma, pero lo olvida rápidamente. El amor que siente por su familia es demasiado grande como para permitirse imaginar una vida sin ellos.

Ahora escribe. Todos los días durante dos horas. Por la tarde. A primera hora. Con la luz filtrándose por los visillos, frente a su ordenador, con un cigarrillo después de otro y un par de copas de coñac. Escribe sus recuerdos. Sin orden. Va de la adolescencia y el descubrimiento del primer amor, al que nunca ha olvidado, a épocas oscuras de su madurez, en que la tristeza se apoderaba de ella, aunque procuraba que nadie lo advirtiera. No sabía el porqué de esas crisis. Afortunadamente las pudo sobrellevar con la única ayuda de su imperioso deseo de hacer felices a los demás.

Andrés huye a esas horas del humo constante y se refugia en la biblioteca donde siempre suele haber una agradable tertulia. Sillones cómodos. La compañía de los autores queridos en los estantes, que reviven cada vez que alguien se adentra en sus páginas. También la música se convierte en protagonista cuando, de pronto, no tienen ganas de seguir hablando. Y no faltan las risas de vez en cuando. Hombres y mujeres. Unidos como una familia bien avenida y feliz.

María se va descubriendo a sí misma en cada página. No quiere que nadie las lea. Son solo una forma de enfrentarse a sus enigmas y, muchas veces, se queda hondamente sorprendida de sus propias frases. Parece que alguien las escribiera por ella o que se las dictara. Pero sabe que, de alguna forma misteriosa, son suyas.

Una madrugada se despierta bañada en sudor. Había sufrido una terrible pesadilla. Andrés le pide que se la cuente.

—No la recuerdo. Solo sé que estaba llena de angustia y que había un incendio en nuestra casa.

Se siente enferma todo el día. Llora sin interrupción y va constantemente al baño. Se diría que su sufrimiento se ha vuelto líquido y se empeña en salir fuera de su cuerpo. Andrés habla con sus queridos compañeros y llaman a un médico. Pero no le da tiempo a llegar. El corazón de María se para y no consiguen que regrese a pesar del protocolo de reanimación que le practican.

Se ha ido para siempre. Tenía 79 años. Y un montón de secretos todavía por descubrir. Su último texto decía:

«Hubiera podido elegir otro camino. No me faltaron oportunidades. Cuando yo era joven algunas mujeres empezaron a asistir a las universidades, aunque todavía abundaban más los hombres con mucha diferencia. Podría haber terminado mi carrera de abogada, siguiendo la estela de mi padre. Mi corazón siempre ha estado dividido entre lo que fui y lo que pude ser. Pero ya no tengo remedio.»

Andrés lo lee y después cierra el ordenador. Quiere respetar su voluntad de que nadie acceda a sus escritos. Se ha quedado solo. La vida seguirá sin ella, aunque su presencia está en cada objeto, en cada rincón y en tantos y tantos recuerdos. Será constante, afortunadamente, tiene con quien compartirla.

Tejiendo un futuro mejor

Aurora Rapún

Carlota se acurrucó en el rincón que tantas veces le había visto llorar; entre la paja, que se amontonaba sobre las cuatro maderas que hacían de altillo en el establo. La luz del sol se colaba a través de las rendijas del tejado e iluminaba su tristeza.

Había sobrevivido otro día más. De nuevo, sentía que estaba en el lugar equivocado, pero no tenía adónde ir. Desde que le sobrevino la desgracia, su vida había sido una constante lucha por demostrar su valía.

Su familia provenía de un lugar muy lejano. La primavera y la casualidad los llevaron hasta esas tierras extrañas. Cuando estalló aquella maldita tormenta y perdió a sus padres, tomó la determinación de quedarse en la granja. Creyó sinceramente que la aceptarían como a uno más. Tras aquel verano funesto, se refugió en el calor de aquellos a los que llegó a considerar amigos. Pero esa calidez hacía mucho que se había desvanecido. Cuando dejaron de compadecerla por su pérdida, se convirtió más en un estorbo que una compañera.

Era tan pequeña, tan poca cosa, que nadie confiaba en que pudiera aportar nada. A ella no le molestaba el trabajo duro; se esforzaba mucho, era rápida y fuerte y estaba dispuesta a lo que hiciera falta por ayudar. Sin embargo, no acababa de encajar. Desde su escondrijo, rememoraba las miradas ceñudas que le indicaban que no pertenecía a ese lugar.

El estruendo la pilló de sorpresa. Se sobresaltó al igual que lo hicieron el resto de los compañeros. Por unos instantes, se quedaron paralizados al ver entrar al dueño de la granja con actitud amenazante. Cada cierto tiempo ocurría. Llegaba con un arma en la mano y sembraba el caos en el establo.

Aunque ninguno creyera haber hecho nada que mereciera su castigo, eran conocedores de lo que pasaría si se ponían a su alcance, así que corrieron despavoridos a ocultarse.

Carlota vio su oportunidad. Al fin y al cabo, no tenía nada que perder, pero mucho que ganar.

Se armó de valor, se descolgó del altillo y de un salto se plantó en el centro de la estancia. El amo no se dio cuenta de su presencia hasta que fue demasiado tarde. De pronto la tenía colocada a su espalda y sintió como si unos dientes afilados se hubieran clavado en su cuello. Como era tan pequeña, se escabullía entre las manos de aquel hombre que profería insultos mientras intentaba quitársela de encima. Carlota saltaba de un lado a otro, pasaba por debajo de sus piernas. Poco a poco, el granjero se fue quedando sin fuerzas. En ningún momento supo lo que le estaba ocurriendo, se apoyó en el cercado de las ovejas y desde allí fue resbalando hasta quedar tendido en el suelo. Inerte.

Varios pares de ojos asombrados contemplaban la escena. Contra todo pronóstico, Carlota los había salvado.

Despacio, fueron saliendo de sus escondites y acabaron formando un círculo entorno al hombre que yacía en el suelo inmóvil. Un tímido gracias proveniente de una oveja dio paso a uno más ronco del corpachón del cerdo; el gallo lo cantó alto y claro, los ratones lo corearon.

Todos los habitantes del establo estaban en deuda con ella. Le había costado mucho, había arriesgado todo, pero por fin, la pequeña Carlota, había pasado a formar parte del equipo como una igual.

Una Copa, un examen, un préstamo

Pepe Sanchís

(Historia de una amistad)

—Felicidades, Vicente.

—¡Enhorabuena por esa jubilación!

Para Vicente había llegado la hora de su bien merecido descanso. Después de tantos años cotizados, aunque no había cumplido los sesenta y cinco, los números le llegaban para cobrar una pensión digna. Su hija ya volaba por libre y para él y su mujer era una cantidad suficiente.

Todos sus compañeros y algunos de sus más íntimos amigos se habían dado cita en aquel restaurante para celebrar una comida de despedida. Al otro extremo de la mesa, la presencia de Luis Manuel le trajo recuerdos de un tiempo pasado.

Cuando pequeños, siempre habían estado juntos. Eran parientes un tanto lejanos, sus abuelos eran primos y vivían en la misma calle del pueblo. Aunque Luis Manuel era el niño más afortunado. La empresa de su abuelo había prosperado y a principios de los sesenta era la única casa en la que tenían un televisor. Lo que ocurrió aquella tarde, cuando se jugaba la final de la Copa de Europa, nada menos que España contra los rusos, se convirtió en un doloroso recuerdo. Eran unos diez o doce amigos los que estaban reunidos a la puerta de la casa, esperando entrar para ver el partido. Pero Luis Manuel no quiso que entraran todos. Los hizo poner de espaldas a la pared y con un dedo seleccionó solamente a cuatro. Vicente no estaba entre ellos: se perdió el cabezazo de Marcelino que significó el gol del triunfo de la selección española y la consecución de la Copa.

Mientras duró la comida, sin darse cuenta, su vida siguió pasando en un momento, desgranando velozmente una serie de acontecimientos que le habían marcado. Luis Manuel siempre figuraba en ellos. Recordó los primeros años en el mismo colegio, hasta que aquel se marchó a estudiar a uno de pago, de los Escolapios, en la capital. Él todavía permanecería dos años más, hasta que, gracias a la mediación de unas señoras de la Acción Católica que le facilitaron los trámites para una beca, pudo ir al instituto comarcal y realizar los tres primeros años de bachillerato. Al cuarto, una vez cumplidos los catorce, Vicente siguió estudiando, pero en el horario de tarde-noche, ya que había empezado a trabajar. En esos años apenas coincidió con Luis Manuel. Solo volvieron a encontrarse en los exámenes para la reválida de sexto. A pesar de haber empezado dos cursos delante, Luis Manuel, con muchos suspensos, los había perdido. Se vieron juntos, sentados codo con codo a punto para comenzar la prueba. Ambos sabían que la diferencia de clase ya les había marcado. Aun así, al rellenar Vicente su hoja y mantenerla sobre la mesa, Luis Manuel, que apenas había sabido contestar, con furtivas miradas, pudo copiar su examen, que sería aprobado por los dos. Ni siquiera se saludaron.

Vicente, siguió con sus estudios y acabó el Peritaje Mercantil, lo que le facilitó entrar en una entidad financiera. Fue destinado a una sucursal en una avenida importante de la capital, que estaba al lado de una farmacia. Casualidades de la vida, esta farmacia era propiedad de D. Javier, tío de Luis Manuel, que a duras penas había conseguido terminar la carrera de Farmacia al cabo de muchos años. Llegada la hora de la jubilación de D. Javier, hombre soltero, sin hijos, todos pensaban que la titularidad recaería en su sobrino. Lo que nadie esperaba es que el hombre, para obtener una buena renta, tenía la intención de hacerle pagar el traspaso, como si se tratara de un extraño, sin tener en cuenta su parentesco. La tesitura en la que se encontró hizo que acudiera al banco donde trabajaba Vicente, con la intención de solicitar un préstamo de considerable cuantía. De nuevo se encontraron, uno en una posición delicada, solicitando, casi mendigando una ayuda financiera que solo Vicente en su calidad de director podía, si no conceder, al menos realizar un informe favorable. Y así fue como Luis Manuel pudo conseguir el dinero para comprar a su tío la farmacia y asegurarse su futuro. Como por arte de magia, desde entonces aquella vieja amistad volvió a unirlos.

Y estos pensamientos fueron interrumpidos por unas voces que reclamaban a gritos unas palabras del homenajeado.

Vicente alzó su copa y brindó con palabras emocionadas.

—Gracias a vosotros y a vosotras, que me habéis acompañado en esta aventura. Y porque todos sean capaces de saber aprovechar las oportunidades que les brinda la vida.

Visualizar el interior humano
Liliana Ebner

Samuel llegó al país hace años. Buscaba una mejor atención para su hijo discapacitado. Su país sufría una gran crisis, imposible conseguir medicamentos y atención médica.

Era profesor de ciencias naturales, pero aquí las puertas se cerraron para conseguir trabajo. Samuel estaba dispuesto a todo, se empleó como jardinero en casa de un médico.

Este se interesó por Benjamín, que había nacido con un muñón y problemas de cadera.

La familia de Samuel se instaló en una pequeña cabaña que el doctor poseía, cercana a su casa. Benji era de la misma edad que Belén, hija del médico. Ambos niños se hicieron muy amigos, casi inseparables.

Todas las mañanas Belén salía más temprano, para poder caminar al ritmo de su amigo hasta la escuela. Ella iba a un prestigioso colegio bilingüe; Benji a una Escuela pública.

Era un niño inteligente, ávido de aprender. Belén, con la colaboración de sus padres, y el beneplácito de ambos, comenzó a darle clases de inglés. Además, pusieron a disposición la biblioteca familiar y Benjamín absorbía todo con increíble rapidez.

Al terminar la Secundaria, Belén comenzó la Universidad

—Lamentablemente Benjamín no podrá ir a la Facultad — le comentó Samuel a su patrón.

—¿Cuál es el motivo, Samuel?

—Imposible pagar libros, material y además el transporte.

—Pero… ¿Benjamín desea estudiar?

—Sí, doctor, ¡Arquitectura!

—Imagínese el costo de semejante carrera. Además, no puede movilizarse bien. La mayoría de los autobuses no están acondicionados para personas minusválidas.

El doctor quedó mirándolo un instante y después se dirigió al auto que lo esperaba para llevarlo a la clínica.

En la cena, reunido con su esposa e hija, comentó la conversación con Samuel.

—Benji es muy inteligente papá, en estos años, ha aprendido inglés. Desde niño sueña con ser arquitecto. Se deslumbra con las construcciones y cuando puede compra alguna revista sobre arquitectura.

—Debería tener alguna oportunidad —comentó Juana—, merecería poder estudiar. ¡Hay tantos vagos que calientan el banco por años!

—Estoy segura, papá, de que si se pudiera, Benjamín lo aprovecharía y volvería a ser un muchacho feliz.

—Es cierto, se nota un dejo de tristeza en él. Lleva con mucha dignidad su minusvalía, pero ahora lo veo muy triste.

—Es porque sabe que no podrá estudiar, su padre se lo dijo y él lo reconoce, pero no lo asume.

Samuel comenzaba temprano su tarea. El doctor lo observaba desde la ventana mientras desayunaba. Dejó el diario, sirvió otra taza de humeante café y se dirigió al jardín.

—Buen día doctor, ha amanecido usted temprano.

—Así es Samuel, contestó el médico tendiéndole la taza de café. No he podido dormir. Hay algo que me ronda la cabeza y debo decírtelo.

—Me asusta doctor, espero no haber cometido errores. Este es mi único sustento y, si lo pierdo, difícilmente consiga otra cosa. Mi origen, mi color de piel, mi acento, todo juega en contra.

—No, Samuel, tranquilo, quiero proponerte que esta noche vengas con tu esposa a cenar, así conversaremos mejor.

—¿A cenar doctor? Nosotros somos gente humilde, no podríamos sentarnos a su mesa.

—Sin excusas, Samuel, esta noche a las ocho.

Y diciendo esto se retiró.

Puntualmente la familia de Samuel se presentó en la casa, con un nerviosismo que se notaba en el temblor de las manos.

—Bueno, verán, Belén, Juana y yo hemos decidido que Benjamín irá a la Universidad.

Silencio sepulcral. Samuel y su esposa se miraron. Intentó decir algo, pero los labios le temblaban.

—Así es continuó el doctor. Irá a la Universidad pública, mi chofer lo llevará y traerá y mientras sea un alumno dedicado, costearemos todo lo relacionado a su carrera.

Las lágrimas corrían por las mejillas de los padres de Benji. El muchacho temblaba y miraba con ojos desorbitados a sus padres.

—Lo acepto doctor, alcanzó a balbucear Samuel, pero pagaré con mi trabajo esta oportunidad que usted da a nuestro hijo. No puedo despreciar esto, nosotros no estaremos un día y Benjamín necesita labrarse un porvenir.

Los jóvenes comenzaron la Universidad. Benjamín culminó su carrera con medalla de oro. Belén se recibió de médica.

Ella tenía trabajo asegurado, Benji debió golpear muchas puertas. Sus brillantes notas eran opacadas por su condición física.

Pero así como una vez el doctor les dio una oportunidad, a su padre primero y a él después, también encontró un ser humano que lo vio con otros ojos, que lo miró completo, que vio su potencial. Hoy Benjamín es socio de un importante estudio de arquitectura.

Capítulo V
CADA VEZ MÁS IGUALES EN SEXUALIDAD

Así de claro

Miguel Ángel Puerto

—Hemos de hablar, esposo mío, e instruir a nuestros hijos en los misterios de la vida. Pues en el presente año de 1846, ya podemos considerarlos más que adultos. Hagámoslo por igual, tal como los educamos ¡Pero como Dios manda! Tú con el niño, yo con la niña.

Así habló doña Petronila a Fabián, su marido, con ocasión de la mocedad de sus hijos Serafín y Manuela. Al día siguiente, Petronila, asistida por su confesor, se dirigió al jardín e hizo llamar a su hija. Sitos los tres alrededor de una mesa, la señora mandó servir el té. Cogió del florero una rosa y, mostrándola a Manuela, inició su plática:

Observa, hija mía, qué bonita flor primaveral tengo en mis manos; fresca y lozana. No es pues de extrañar que «primavera» se llame a la juventud de la vida, que tú, a tus dieciséis años, ya estás disfrutando. Huele su perfume y mira sus vivos colores (apostilló la madre inclinando la rosa hacia la joven). Has de saber que ello no es por casualidad, sino para resultar atractiva a ojos de la abeja, que la visitará galante y la tratará con decoro. Entonces la flor se abrirá «primorosa», formando un cáliz con sus pétalos, y se entregará al visitante que, curioso, husmeará el interior con suave ronroneo, gustará goloso el néctar que la flor destila y esparcirá ufano un polvillo, llamado polen, asido a sus patas, provocando en la rosa un grato cosquilleo que recorrerá todo su ser. Quiero que entiendas, hija mía, que eres tú como esa flor en primavera.

—Ya es suficiente, «Petro» —interviene el confesor sonrojado —. Considero que has sido bastante clara, no ha menester dar más explicaciones.

—Desde luego, padre, sea como *usté* dice y no más —ultima doña «Petro».

Manuela asiente con una leve inclinación de cabeza.

Entre tanto don Fabián hace lo propio con su hijo en la biblioteca:

—Toma —le dice ofreciéndole una copa de brandy—, ahora hablaremos de hombre a hombre.

Serafín cree entender la situación. Sus dieciocho años recién cumplidos le otorgan un nuevo status que acepta gustoso. Prueba el brandy y se sienta paciente.

—No has de sorprenderte, hijo, de que así te trate; tu vida ha cambiado y ya puedo considerarte un hombre. Antes o después tomarás estado y, como padre, he de aconsejarte. Escucha pues:

»Cuando seas cabeza de familia te abstendrás de severidad en el trato, más bien rebosarás delicadeza. Serás condescendiente dentro de la autoridad que te asiste. Llegado el momento de usar el *florete*, considera que no vas a batirte en duelo con caballeros, sino a cumplir como hombre. Lo emplearás con total suavidad; sin excederte en las sacudidas y poniendo gran atención a los gritos y lamentos que ocasione. Ello a fin de distinguir si proceden del dolor que inflige o del beneplácito con el que embriaga. Mesúrate en el primer caso, descargando varonil en el segundo. Y poniendo gran cuidado en no cesar hasta bien no hayan terminado los quejidos y espasmos. Sepas que así habrás cumplido y satisfecho cuanto de ti se espera en la familia. ¡Ah!, no te extrañes cuando al primer envite vieres correr la sangre, sepas que es normal.

—Eso será, padre —contesta Serafín desconcertado.

—Eres inteligente y no es menester seguir la charla, pues sé que has sabido comprenderme.

Serafín salió de la biblioteca y se dirigió al jardín, donde halló a Manuela, a la que pregunto:

—¿Has hablado con madre?

Entonces Manuela describió su charla:

—«...contándome que las abejas chuparán un néctar que segregaré, y no sé qué polvillo, dijo, me han de echar...». Serafín, dime qué es lo que ocurre.

—Creo comprender la situación —dijo el hermano tras un breve silencio—. Verás, padre me detalló la matanza de un cochino, dando por sentado que yo sería el matarife; pues está claro, tendré que ponerme a trabajar y tú, Manuela, habrás de olvidarte de vestidos y perfumes caros, so pretexto de que atraen insectos molestos. En definitiva, padre está arruinado.

Desde la ventana, el matrimonio contempla a sus hijos abrazados.

—¿Ves querido? Todo aclarado. Míralos, da gusto verlos tan fraternos y cariñosos.

—Sí, Petronila, y tan iguales...

Balas contra los malvados

Vicente Carreño

Aquí estoy, convaleciente en el hospital, esperando que me den el alta y escuchando las regañinas de mis hijos: «¿Cómo se te ocurrió meterte en medio?». «Fue todo tan rápido. No lo pensé».

Cuando se produjeron los incidentes, no sabía que la intolerancia y el odio se escondían detrás de las puertas, que brillaban en los ojos de algunos habitantes del pequeño pueblo, una veintena de casas en un valle plagado de naranjos con el Mediterráneo al fondo, donde me había retirado después de que me despidieran de la empresa en la que estuve demasiados años trabajando. Un escenario idílico.

El primer síntoma fueron los dos coches calcinados que aparecieron en la puerta del único supermercado que permanecía abierto todo el año. Solo quedaban unos restos humeantes de ceniza donde habían estado aparcados los vehículos.

—Es una amenaza —me dijo mi vecina, una mujer de sesenta años que vive con su hermana y que regenta la farmacia. Si le tiras de la lengua te pone al día de lo que se cuece detrás de las paredes de las casas, su vista traspasa los muros—. Esto no acabará bien.

—¿De quiénes son esos coches? —le pregunté intrigado.

—De Luis y Gabriel, los chicos que trabajan en el supermercado. Gabriel es el hijastro de Jacobo, el dueño del bar de la avenida. Su padrastro le echó de casa hace seis meses después de una bronca tremenda. «Me das asco. No quiero verte más ni en esta casa ni en este pueblo, nos avergüenzas» —le gritaba mientras arrojaba sus cosas por la ventana.

—¿Qué le había hecho para que se pusiera como una fiera?

—Gabriel es gay.

—Ese Jacobo es un hombre de Cromañón —le dije.

—No solo él, sino sus compañeros de copas con los que cierra el bar todas las noches. Siempre acaban en el burdel de las luces rojas de la carretera. Son ultras y peligrosos.

Una semana después de la quema de los coches, las puertas del supermercado aparecieron con una gran pintada en letras rojas: «Fuera maricones del pueblo». Mi vecina volvió a darme las novedades.

—Han sido Jacobo y sus amigos. Quieren hacerle la vida imposible a Gabriel y que se marche. El chico estuvo un mes fuera del pueblo cuando su padrastro le echó, volvió en compañía de su amigo Luis y se instalaron en el camping. Manuel, el del supermercado, que es un buen hombre, se apiadó y les dio trabajo.

—¿Y qué dice la madre de Gabriel?

—¿Esther? Pobre mujer. Esta abducida, anulada, casi no sale de casa, bastante desgracia tiene con vivir con esa bestia.

Yo empecé a fijarme en Jacobo, un grandullón con aspecto de perdonavidas y muchos kilos de sobrepeso, con tatuajes hasta en las pestañas. En uno de sus antebrazos llevaba una calavera junto a un símbolo que parecía una cruz gamada. Sus amigos eran tipos de la misma calaña.

El estallido se produjo una mañana. Era un día espléndido, yo estaba en la puerta del supermercado. Vi llegar a Jacobo con unas cuantas copas de más y dando voces, detrás venían sus amigos, uno con un bate de béisbol y otro con un hacha. «Salid aquí si tenéis cojones», gritó lanzando una silla contra la puerta. Fue como en las películas del Oeste. Gabriel apareció con una escopeta en la mano. Yo corrí hacia él. «Tranquilo, tranquilo», grité. Le miré a los ojos y supe que nadie podría detenerle, llevaba el sufrimiento en la mirada y demasiadas humillaciones en su cuerpo, muchas cuentas pendientes contra una sociedad despiadada que le había hostigado desde la infancia. No habló, solo disparó. Vi desplomarse a Jacobo y al amigo que llegaba blandiendo el hacha, después se me nubló la vista. Desperté en la cama del hospital y me contaron que Gabriel, tras matar a su padrastro, dirigió la escopeta contra su pecho y acabó con su vida. El médico dice que el proyectil me impactó en el hombro; un poco más abajo y ahora estaría en el cementerio con Gabriel, Jacobo y su amigo.

Yo buscaba la paz en un valle tranquilo con el Mediterráneo al fondo y me encontré con la irracionalidad y la muerte.

Mi vecina fue a verme y, como mis hijos, me regañó por no seguir sus consejos: «A tu edad deberías saber que no hay que meterse donde no te llaman». Están equivocados. Todos tenemos que meternos en medio para desterrar para siempre la intolerancia, la discriminación y la homofobia.

Besos tras la fiesta

Cristina Cifuentes Bayo

Solo pido un poco de seguridad. No pensar ahora esto y al momento lo contrario. Ver por fin claro, dejar de ahogarme en miedos, en dudas. Quedarme con ella. Irme. Estoy destrozándome la vida.

Ella es todo, siempre, desde siempre. Una mesa pequeña, lágrimas, mamá yéndose, dejándome, solo sus coletas rubias no me daban miedo, ni su abrazo torpe, no llores, ¿eh?, no pasa nada, pero Pilar lloraba también, me agarró la mano para ahuyentar su propio temor. Aprendimos a leer y escribir, sumar y restar, los ríos de España y las capitales del mundo. El descaro con las monjas viejas que cruzaban por los pasillos, sombras sin manos bajo las cofias rígidas. ¡Soltaos las manos!, nos gritaban. Necesitábamos salir corriendo. Necesito salir corriendo, huir lejos, esconderme en otros brazos cálidos, felices y que me hagan reír. Pero quiero sus manos, solo sus manos, siempre sus manos.

No sé por qué recuerdo ahora a aquel chico, Manu, tenía los ojos verdes, le gustaba tanto. Le pedí unos apuntes, me pidió un beso a cambio. Le ofrecí uno de ella. Nos enredamos los tres, a él no le importaba. A oscuras, mi mano saltaba como un látigo si llegaba a sentir el sexo de Pilar, su herida húmeda y caliente. No sabía de quién eran los dedos suaves que acariciaban el mío. Yo fui quien quiso dejarlo. Luego estuvo Miguel, se lo ligó ella. Tampoco fue lo que esperábamos. Hubo otros besos, siempre con otros. Lo nuestro era amistad. Pudor. Emoción. Compartir todo, hasta el recelo. El cuidado. Siempre ansiedad. Igual que ahora, este enorme miedo a equivocarme. ¡Qué importa equivocarse!

No sé cuándo, cuánto, del último beso feroz, cuánto que no nos mordemos, no como el primero, tembloroso, largo, descubriendo lo que ocultamos durante tanto tiempo, borrando todos los que habíamos probado hasta el día en que dejamos el colegio, abrazamos a las profes, a las monjas —ahora sí tan viejas— y cortamos a pedazos las faldas tableadas del uniforme. El rincón más oscuro de la disco y descubrir que nuestro amor estaría prohibido, pero era de película. Si me quedo es por piedad, si no me voy es por amor. Orgullo, quizá es orgullo. Soberbia. Miedo. No sé.

Un piso compartido en una ciudad grande, lejos de casa, de las madres que, entonces, lloraban ellas al dejarnos con el contrato firmado y la matrícula universitaria cumplimentada y los taper de legumbres sin sospechar nada de aquella amistad desde la infancia, inocente, como si fuésemos familia, o quizá no querían saber, ni fue nuestra intención decir, aclarar nada. Todo estaba bien. Todo genial, a medias los gastos, los apuntes, el colchón. Sin necesidad de esconder nada, de aprovechar la media luz de un local oscuro. Fiesta de fin de carrera, besos. Fiesta de apertura de nuestro pequeño despacho, besos. Cenas de Navidad con los empleados y, en casa, más besos. Besos de vacaciones, en los viajes en nuestra caravana, culturas distintas donde sentirnos aceptadas.

Distanciarnos de rutinas, de incomprensión. Huir, alejarnos. Alejarme del dolor y la angustia. Me arrepentiría mil, cien mil, un millón de veces si huyera de este *doloramor.*

El bulto en el pecho, el blanco pecho de Pilar, con su pezón rosado. Tumor maligno. Grado dos. El terror paralizándonos, haciendo inocuos todos los miedos anteriores. Consultas, hospitales, tratamientos. No saber cómo, no saber qué. Ahora sí, ahogarme. Huir. Un tonteo con una empleada. No puedo hacer esto. Es sólo por angustia. No puedo soportar su miedo ni mi miedo. La cicatriz roja en su blanquísimo pecho, el pelo cayéndose. Buscar besos en noches turbias, alcohol, no mirar nunca a los ojos. Intentar sentir que no son sus manos. No son sus manos. La mirada del oncólogo diciéndome que Pilar es una luchadora, pero que sólo queda la posibilidad del milagro. No dejarla sola nunca, besarla, besar sus manos. Acariciar su cuerpo al lavarla con agua de rosas, al untarla de crema. Esperar el milagro mientras le corto las uñas de los pies. Confiar en un día sin fiebre, en un paso más firme o el brillo de sus ojos. Adormecerme en el sillón con el sonido monótono del control y despertarme ahogándola con la almohada de plumas, tan suave, que le compré ayer. No mirarla a los ojos, esquivar la súplica. No puedo hacerle ese último regalo. No puedo. No dudar más. Casarnos. Besos tras la fiesta.

Cándida

Irene Lado

«¡¡Uff, ya era hora!! Creía que no llegaba nunca» pensó Cándida.

El chirriante ruido de los frenos del tren rompió, por fin, con esa amarga sensación de nerviosismo que le había acompañado durante todo el viaje de Alcoy a Valencia. Temía que, al llegar a la que una vez fue su casa, fuera ya demasiado tarde.

Allí estaba su madre, Paquita, esperándola en el andén e intentando contener las lágrimas por la emoción de ver a su hija después de tanto tiempo.

—¡Hola, *mare*! ¿Cómo estás? —dijo Cándida, todavía algo aturdida por el cansancio.

—¡Ay, *filla meua*! ¡Cuánto tiempo! ¡Sigues igual de guapa! Muchas gracias por venir.

—No hace falta que me des las gracias, he venido porque tú me lo has pedido, ya que él me dejó claro que no seguía siendo su hija, bueno, más bien «hijo suyo».

—¡*Au xiqueta*! ¡Olvídalo ya! Eso es cosa del pasado. En el estado en el que se encuentra, si te reconoce, ya es bastante.

Cuando su madre abrió el portalón de casa, comprobó que todo seguía como lo había dejado la última vez que estuvo allí. Los sillones tapizados con un recargado estampado de flores bastante *demodé* y cursi, cuadros de bodegones y paisajes algo descoloridos y la típica mesita con su tapete de ganchillo donde ella solía estudiar y hacer sus deberes. Todo ello, unido al olor que se respiraba en la casa, entre una mezcla de humedad rancia y *putxero*, la transportaron a aquel día en el que, tras una fuerte discusión con su padre, Tonet *el carnisser*, decidió marcharse a Valencia para huir de aquel ambiente asfixiante, empezar a buscar su auténtico camino y encontrar su verdadera identidad.

Paquita la condujo hasta la habitación de sus padres, donde Tonet yacía en la cama, entumecido, entubado y respirando de manera entrecortada como si le faltara el aire. Sufría de una grave endocarditis infecciosa y los médicos no le auguraban ya un buen final. Así pues, Paquita, pensando que su casa sería el lugar más idóneo para pasar sus últimas horas de vida, decidió su traslado.

—*Tonet, mira qui ha vingut a voret. És la teua filla, Cándida.*

—¡Hola, *Pare*! ¿Cómo estás?

—Os dejo solos.

Cuando Paquita salió, Cándida cogió una silla y se acercó tímidamente al borde de la cama y tomó la mano de su padre. No pudo evitar sentir un escalofrío que invadía todo su cuerpo, producido quizás por la fría mano de Tonet o, más bien, por ver de nuevo a su padre en aquel estado tan indefenso.

—¡Ay, *pare*! ¡Quién te ha visto y quién te ve!, dijo Cándida entre la resignación y la lástima. El gran Tonet, *el carnisser,* que presumía de haber luchado valientemente en el bando de los nacionales, orgulloso de haber defendido los «ideales» de la patria como «buen religioso y católico» y hombre defensor de la «decencia» y el «honor de la familia». Con una mezcla de rabia y dolor contenido, apartó la mirada de su padre y empezó a recorrer la habitación con los ojos. Colgadas de las paredes pintadas de cal viva destacaban algunas amarillentas fotos de familia, dos rosarios y un crucifijo. Al fondo se erguía imponente el gran armario negro al que Cándida solía llamar cariñosamente el *de los espejos*. Era su preferido, porque allí fue donde empezó a verse como realmente era. Ese niño al que pusieron Cándido, por tez fina, tersa y blanca, de pronto descubrió que le gustaba disfrazarse con los vestidos floreados de su madre, ponerse collares y meter los sutiles, pequeños y delicados pies en los zapatos de tacón de aguja, aunque le quedaran muy grandes. Cándido se veía bien con los bultos en el pecho que simulaba con la ayuda de dos naranjas, que había cogido a hurtadillas de la cocina sin que se diera cuenta su madre, y menos su padre, porque, cada vez que se enteraba, discutía con Paquita:

—«No deixes que entre i faça eixes coses, o el nostre fill es tornarà un mariquita» —le advertía Tonet.

—¡Pare! Sé que para ti mi decisión fue sinónimo de «perversión, indecencia y mal camino» —le susurró Cándida—, pero siempre he hecho lo que debía para ser feliz. He venido para hacer las paces y ojalá me puedas oír.

Tonet movió la mano, esbozó una sonrisa y diciendo: «¡Por favor, perdóname, hija mía!», exhaló un último suspiro.

Diferentes

Magdalena Carrillo

Marta había desarrollado y expuesto el tema de su tesis doctoral de manera brillante, convencida y sin pausa. Conocía bien el contenido y, ahora, mediante una serie de proyecciones, compendiaba el resultado de su investigación con ejemplos eminentemente visuales que reforzaran su tesis. Su trabajo había versado sobre la necesidad incuestionable de la igualdad de género.

«1.Las personas que toman una opción sexual no preestablecida sufren marginación, problemas laborales, acoso, prisión e incluso, pena de muerte en varios países, sin olvidarnos del alto índice de suicidios. Estamos hablando de gays, lesbianas, bisexuales, transexuales, intersexuales.... personas cuyos derechos se ven vulnerados y restringidos por haber optado libremente por una identidad sexual determinada».

Marta acciona el ordenador, la sala se oscurece y en la pantalla aparecen las imágenes relacionadas con el discurso, al tiempo que ella prosigue:

«2. La homosexualidad no es una enfermedad.

Hace 25 años, la Organización Mundial de la Salud dejó de considerar la homosexualidad como una patología.

En España, lamentablemente, en 1954, en plena dictadura franquista, se modificó la conocida Ley de Vagos y Maleantes, para incluir como figura delictiva la homosexualidad. Aquellas personas, que reconocían —o a las que les reconocían— esta orientación sexual, eran tachadas de «invertidas» y se les confinaba para su reeducación en campos de concentración. El de Tefía en Fuerteventura fue uno de ellos. Durante la represión franquista se enclaustraron en esta colonia agrícola entre 1955 y 1966, un centenar de presos que sufrieron todo tipo de vejaciones y torturas. Su historia es inédita».

A continuación, una proyección de imágenes sobre la colonia penitenciaria, un desierto llamado Auschwitz por las terribles condiciones de vida que se vivieron en aquel infierno, dejó a toda la sala sin habla y sin aliento, en suspenso.

«3. Hay que eliminar la categoría de sexo del término jurídico, del DNI y del Código Civil».

Las palabras de la doctoranda se ven acompañadas por una serie de diapositivas de un bebé que va creciendo conforme avanza la narración de Marta.

«Todo el mundo deseaba un niño cuando nació Paula. Era un bebé precioso, pero se dirigían a ella utilizando el género masculino.

—Míralo qué ricura, tan mono.

—Que no, señora, que es una nena, así que: mírala, qué ricura, tan mona —corregía la madre, siempre al acecho.

—Disculpe, es que... como no lleva pendientes... y... va vestida de esa manera...

Fue una batalla perdida. A Paula no le gustaban los volantes ni los vestiditos de color de rosa ni los lacitos, prefería la comodidad de unos vaqueros y unas playeras.

Pronto se percató de que no se sentía chica, ella se sentía varón y quería serlo. Esa incongruencia entre sus sentimientos y el sexo con el que había nacido, le hacía sentirse mal, sola e incomprendida. Primero, se escondía, para que no se enterara nadie, sufriendo miedo y tensiones, luego habló con su familia y les dijo que quería ser un chico. Que en su mente así lo sentía. Su familia la apoyó y supo que tenían que ponerse en manos de expertos, especialistas en género y transexualidad para solucionar sus problemas y que, antes de la pubertad, Paula se convirtiera en Pablo».

Finalmente, para concluir y cerrar su exposición, Marta se dirigió al tribunal y les entregó a cada uno de sus miembros una fotocopia compulsada de un DNI En él aparecían los datos de una persona con un cierto parecido a ella, su nombre era masculino, los apellidos, idénticos.

La misma imagen del DNI apareció en la pantalla para todo el público presente en la sala.

—A día de hoy esta es mi identificación.

Las personas, puestas en pie y más que asombradas, aplaudieron y ovacionaron la lucha de Marta.

El corazón nos da la razón

Sonia Mele

—¡Tengo miedo! —dijo Ana cabizbaja, mientras caminaban hacia el instituto.

—Cariño, piensa en los aplausos que generas tras cada charla, en todas las personas que nos apoyan, en lo que te valoran en la asociación, en lo que aportas a quienes te escuchan cada vez —la animó Esther.

—Lo intento, de verdad, pero no sé hasta dónde pueden llegar. No sé si vale la pena que me siga exponiendo y a ti también. Ya no me atrevo a mirar el móvil. ¡Es acojonante! En toda mi vida no le he hecho nada a nadie y menos a esta gente, que ni siquiera me conocen... ¿De dónde coño sacarán tanto odio?

—Esta misma tarde compramos otro teléfono y le damos el número solo a gente de confianza. No borres nada y llevaremos el móvil cuando hagamos la denuncia. ¡Que se lo queden en la comisaría y verán en directo el acoso a que te tienen sometida! —Esther cogió a Ana de la mano y detuvo la marcha—. Ya estamos llegando. ¡Venga! Coge aire, sonríe y regálales tus palabras.

—¡Gracias por acompañarme! No sé si hoy hubiera sido capaz de venir sola.

«Hola, me llamo Ana. En primer lugar, quiero dar las gracias a toda la comunidad educativa de este instituto (alumnado, profes y familias) por el recibimiento que me habéis brindado. Me habéis restaurado la sonrisa y la serenidad en un día muy complicado. Al encender mi teléfono esta mañana tenía cientos de mensajes amenazantes y llenos de insultos por dedicarme a dar estas charlas. Me sentía hundida y he necesitado que Esther, mi pareja, me acompañase hasta aquí. Por ello, con vuestro permiso, abriré mi exposición de una manera inusual. Normalmente defino primero algunos conceptos y pongo varios ejemplos, pero hoy empezaré contándoos la impresión que Esther se llevó de mí el día que nos presentaron.

Ella no sabía que yo era una transexual en tránsito. Nadie le había contado nada, así que me conoció sin prejuicios. Era verano y yo vestía una camiseta, unas zapatillas y unos shorts, que dejaban ver que no me había depilado. Tenía el pelo largo con un recogido muy femenino, pero no iba maquillada. Hablaba como ahora: con naturalidad, sin amaneramientos. La descoloqué por completo. Yo no me comportaba como se suponía que debía hacerlo. No respondía a los cánones tantas veces repetidos.

En un momento dado, mi prima me preguntó si había pensado operarme en el futuro y, ante su sorpresa, le dije que no lo tenía claro. Se enfadó mucho conmigo y dijo que no entendía tanto sacrificio si nunca llegaría a ser una mujer completa. Le respondí que un trozo de carne no determina a una persona y que estaba harta de que siempre me interrogara sobre alguna parte de mi proceso. Me giró la cara y se largó. Entonces llevaba unos siete meses hormonándome y mi deseo principal era haber llegado a tiempo de frenar mi desarrollo masculino. (Luego os lo explico mejor).

A ver, voy a centrarme, que si no me enrollo y no os digo lo que quería: Esther y yo empezamos a hablar un tema tras otro: cine, libros, basket, proyectos de futuro..., incluso de nuestras ideas políticas. El tiempo voló. ¡Conectamos de una forma increíble! Entonces se produjo la magia: nos gustamos, nos miramos de una manera especial y nos besamos, fuera de miradas curiosas y censoras.

Pero al día siguiente, cuando la llamé, no quiso quedar conmigo. Y tampoco los días posteriores. Estaba súper agobiada. Tenía miedo al rechazo social, miedo a cómo lo iban a encajar su familia y sus amigas si lo nuestro se convertía en una relación, que era lo que deseaba en realidad. Yo la entendía, aunque no me parecía justo. ¿Por qué tenía que ser tan difícil? ¿Por qué algo tan bonito debía complicarse tanto desde el primer momento? ¿Por qué la vida me había hecho diferente y me obligaba a lamentarme por lo que sentía y por lo que hacía?

Afortunadamente, Esther me regaló una oportunidad y, diez años después, seguimos compartiendo vida. Y, por el momento, formamos un tándem magnífico a pesar de opiniones contrarias y rechazos».

La gran mayoría de las personas que habían acudido a la charla estallaron en un aplauso conmovedor que duró varios minutos. Cuando Ana consiguió recuperarse de la emoción, respondió a todas las preguntas que le formularon. Ese día no hicieron falta conceptos, que se pueden buscar en libros o guías.

El estanque de las tortugas

Susana Gisbert

Me costó un mundo cumplir la última voluntad de mi abuela, pero tenía que hacerlo. Se lo había prometido, y maldecía el momento en que lo había hecho. Y todavía maldecía más la otra promesa que me arrancó con su último suspiro: que guardaría silencio. Así que, por más que costara, no había otro remedio que proceder conforme ella quiso.

Esa era la razón de que yo me encontrara aquel domingo sola, frente a un estanque lleno de tortugas, mientras que el resto de mi familia estaba en el entierro de mi abuela. Mi madre se había enfadado tanto que temía que no volviera a dirigirme jamás la palabra. Y yo cargaba con la impotencia de no poderle explicar nada.

— Ya sé que ibas todos los domingos con la abuela a ese dichoso parque, pero ella ya no está. ¿Lo entiendes? No está. Y lo que tú tienes que hacer ahora es venirte al funeral con tu familia.

Bajé la cabeza y seguí adelante, mientas me tragaba mis lágrimas y las que le veía derramar a ella.

Nada más llegar al estanque, me vine abajo. Comencé a llorar sin consuelo, aferrada a la barandilla que rodeaba el pequeño islote de tortugas. Entonces la vi y lo entendí todo.

—Se ha ido, ¿verdad?

Esas cuatro palabras fueron suficientes para darme cuenta de lo importante que fue aquella mujer para mi abuela. No tardé en reconocerla. Cada domingo, a la misma hora, coincidía con nosotras alrededor del estanque. Mi abuela y ella nunca se decían nada, nunca se tocaban, ni siquiera se acercaban la una a la otra, pero nunca faltaban a su cita. Yo creía que era casualidad, pero ese día conocí la razón

—Ella y yo nos amábamos desde jovencitas. Nuestros padres nos pillaron juntas y nos prohibieron vernos. A ella, además, la obligaron a casarse. Yo no me casé nunca. Desde entonces, nos conformamos con vernos a través de la reja que circunda el estanque, cada una a un lado, sin juntarnos nunca.

—¿Y jamás os volvisteis a tocar?

—Nunca. Ni un dedo. Mi padre dijo que nos denunciaría. Hubiéramos ido a la cárcel por invertidas, como él no se cansaba de repetirme.

—¿Y luego? ¿Cuándo ya no era delito?

—Era demasiado tarde para nosotras. Habíamos aprendido a disfrutar de las migajas que nos dio la vida, un par de horas mirándonos de lejos con unas tortugas como cómplices.

Le di el abrazo que llevaba tanto tiempo esperando. Yo no era mi abuela, pero era todo lo que le quedaba de ella. Nos abrazamos, llorando juntas en silencio, hasta que llegó la hora de volver a casa, la hora en que cada domingo mi abuela y yo emprendíamos el regreso.

Me maldije a mí misma por no haberme dado cuenta de nada, por no haberla ayudado, por no haber hecho algo que devolviera a estas dos mujeres, al menos, una mínima parte de lo que una sociedad injusta les había hurtado.

Nunca volví a verla. No supe nada de aquella mujer a la que había amado toda mi vida mi abuela hasta que, un par de meses más tarde, vi una noticia en la televisión. El cadáver de una mujer había sido encontrando flotando, sin signos de violencia, en un estanque rodeado de tortugas. No necesité más para saber que, por fin, estaban juntas.

La persona indicada

Marina Cruz

Los «dulces sueños» de papá y mamá hacían desaparecer
los monstruos que se escondían en la habitación y así podía
dormir y ser transportada a lugares mágicos donde reinaban
las mariposas. Cuando nací, ellos eran mayores; fui «un regalo
inesperado» y como tal me trataban. La adolescencia, determinada a rasgar aquel mundo idílico, llegó llena de sensaciones
que no quería admitir: me atraía mi propio sexo. Para no ser un
motivo de preocupación elegí callar.

Ya tenía veinticinco años cuando los oí lamentarse; suspira-
ban y decían que no podrían tener nietos. Se acababan de en-
terar de que mi hermano era estéril. Entonces intenté salir con
un joven; el desastre fue grande. Caí en una densa marejada de
desamor personal. Al comenzar el buen tiempo el hermano,
que siempre había sido mi héroe, alquiló una cabaña en un bal-
neario para que todos pasáramos allí una hermosa temporada.
Su esposa, buena y bella, nos recibió con gran alegría. Las he-
ridas del fracaso comenzaron a sanar con el sonido de su risa
y con los movimientos de sus manos, que me hacían recordar
a las extraordinarias mariposas de los sueños de la niñez. En
las tardes de playa mis ojos perseguían el ondear de su negro
cabello; le hacía compañía hasta la puesta de sol. Ella aplaudía
aquel espectáculo de la naturaleza y a mí, que eso siempre me
había parecido una ridiculez, me nacía hacer lo mismo.

Una tarde, igual a cualquier otra, mi hermano llegó desde la cabaña para decirnos que papá no se encontraba muy bien.

—Vamos —dije.

—No. Quédate acá y acompaña a tu cuñada. Bastante luchas con ellos siempre. Iremos hasta la ciudad y que lo vean en emergencias. Mamá viene con nosotros. Ya sabes que no se separará de él.

Nos dio un beso a cada una y mientras se alejaba gritó:

—¡No será nada; estoy seguro!

Nunca supimos qué le sucedía. Un accidente en la ruta nos arrebató a los tres. Nos hicimos compañía durante el período de duelo; pero la vida, que no se paraliza por nadie, hizo que cada una retornara a su hogar y a su trabajo.

Han pasado cuatro años. Estamos juntas todos los fines de semana y somos grandes amigas. Las mejores. Pero para lo que voy a hacer la he citado en este restaurante. Pienso en el porqué de elegir un lugar público. Creo que es para que no se sienta acorralada. Para que pueda salir corriendo si lo desea. Por la ventana veo que se acerca una mujer; su andar firme y desenfadado es inconfundible. Ya distingo los rasgos; es ella.

—Hola.

—¿Cómo estás?

—Un poco intrigada por el hecho de que me citaras acá. Como siempre nos vemos en nuestras casas… ¡Qué cara se te ha puesto, cariño!

Yo había comenzado a sudar y las manos me temblaban.

—Es que estoy nerviosa. Debo contarte un secreto. Jamás lo he confesado, pero ahora tengo que descubrirlo pues quiero hacerte una propuesta.

—Lo primero tranquilízate —dijo mientras me servía agua.

Yo vi sus manos y otra vez tuve la misma sensación: eran dos mariposas. Bebí un poco y luego intenté explicarme.

—Es que yo soy... soy...

—Lesbiana —completó ella. La miré atónita.

—¿Desde cuándo lo sabes? —atiné a pronunciar.

—Tu hermano me lo contó antes de que te conociera. Tus padres también lo sabían, pero esperaban a que fueras tú quien lo dijera.

—¡Qué estúpida he sido!

—Nada de eso. Cada uno debe respetar sus tiempos.

—¡Pero es que yo no decía nada por el mal que les causaría a ellos!

—No sé... No lo veo así. Van varias veces que trato de acercarme a ti y terminas saliendo de casa como una perseguida.

—¿Tú intentas acercarte a mí? Yo hoy te iba a confesar mi amor.

—¡Ya era hora!

—Pero, ¿tú no eres hetero?

—No me etiqueto. Se trata de encontrar a la persona indicada. En su momento fue tu hermano, pero después de cuatro años del accidente no creo que sea una falta de respeto estar contigo.

Ambas nos levantamos y, fundiéndonos en un abrazo, estuvimos unos segundos sin separarnos. Por fin ella retiró un poco la cabeza y puso sus labios sobre los míos. Nos dimos un prolongado y húmedo beso frente a los ojos de las personas que estaban en aquel lugar.

Las tardes secretas de A.

Pepe Sanchís

No puede seguir asistiendo a las clases, nunca terminará el bachillerato en ese Instituto. Lleva demasiado tiempo soportando el acoso y las burlas. Y lo que es peor, sin poder contar a nadie la verdad de lo que le ocurre. Menos que nadie a su madre. Por eso, todos los días acude allí como si nada pasara: entra por una puerta y sale por la otra. Entretiene la mañana en cualquier sitio, vuelve a su casa el tiempo justo para comer y por la tarde, siempre se inventa una buena excusa, como que ha quedado con alguien para estudiar. Incluso alguna noche dice que necesita preparar un examen imaginario. Nadie sabe en qué ocupa esas horas que le pertenecen, que son y serán siempre su secreto mejor guardado.

Esta tarde ha regresado pronto y se ha encerrado en su habitación. Percibe cómo el hastío ha hecho mella en su cuerpo y en su mente. Cada vez le resulta más difícil disimular...

Se sienta a los pies de la cama y empieza a desvestirse. Primero los zapatos, con los altos tacones que le hacen tan difícil caminar. Le sigue la blusa blanca que tanto le gusta. Hoy tendrá que dejarla en la lavadora, sucia de manchas infames. La falda, tan corta que apenas le cubre una mínima parte de los muslos. La combinación de braguita y sostén, comprada por Internet: le costaron una pasta, pero es lo mismo que llevan sus adoradas modelos en las revistas que suele devorar, como fan incondicional que es, de esas mujeres maravillosas. Por último, las medias, que ha procurado conjuntar con la falda, los zapatos y el bolso.

En completa desnudez se mira al espejo. No se reconoce. Antes de quitarse el maquillaje unas gruesas lágrimas brotan de sus ojos, diluyendo el rímel y ensuciando las mejillas. No le importa, aplicando el desmaquillador intentará que su cara recobre el aspecto de siempre.

A su espalda, las puertas cerradas del armario son como un recordatorio constante de una decisión que debe tomar, tanto tiempo postergada.

Antes de empezar a vestirse de nuevo, ya adivina el cuadro que le espera en el comedor de su casa, una imagen que se repite día tras día: su padre, que habrá vuelto del bar de la esquina, como siempre borracho, seguro que ya se ha gastado hasta el último euro de su escasa paga de parado de larga duración; su hermano mayor, que ni siquiera viene a comer, solo busca un dinero que nadie puede darle para seguir chutándose, y su madre, acabada de llegar de limpiar escaleras desde las cinco de la mañana, reventada de cansancio y desilusión, pero que no se ha atrevido nunca a alzar la voz a nadie, que soporta con indignante sumisión todas las humillaciones que su marido y su hijo le proporcionan.

Y cuando está a punto de terminar, antes de salir de su habitación, la que considera su sancta sanctorum, oye la voz de su madre que desde la cocina le grita:

—Antoñito, ¡a cenar!

Una piedra en el zapato

Aurora Rapún

Hace ya varios días que encuentro decaído a mi amigo Juan. Hasta hace un rato no he sabido lo que le pasaba. No me he atrevido a preguntarle porque me daba la impresión de que no quería hablar del tema. Ahora sé que solo eran imaginaciones mías, pero yo sospechaba que tenía algún lío con la chica que atiende la recepción por las tardes.

Juan y yo somos amigos del gimnasio, de los que solo charlan entre sudores, olores y sonidos metálicos de poleas que chirrían. Llevamos algunos meses entrenando más o menos a las mismas horas. Cuando yo llego, él ya lleva allí un rato y siempre termina antes que yo, pero en general, nuestra rutina de entrenamiento es bastante similar.

Normalmente es una persona muy agradable, siempre con una sonrisa en los labios. Sin embargo, lleva unos días tristón. Me he fijado en que se acerca muchas veces a la recepción del gimnasio y habla con Ana en voz muy baja lo cual me ha llevado a concluir que han tenido algún tipo de desavenencia.

Esta tarde ha ocurrido algo realmente excepcional. Juan me ha preguntado si quería ir a tomar algo cuando acabáramos de entrenar. Me ha extrañado porque nunca nos hemos visto fuera del gimnasio. En realidad, ni siquiera hemos coincidido en los vestuarios después del entrenamiento ni nos hemos cruzado por el barrio. No me ha parecido mala idea porque así iba a tener ocasión de preguntarle qué le pasaba últimamente, así que he aceptado.

Como él había entrado antes que yo, ha acabado pronto, así que me ha sugerido que me reuniera con él en el bar que hay a la vuelta de la esquina. Los últimos ejercicios los he hecho sin prestar mucha atención porque estaba cavilando qué me querría contar. Tras la ducha de rigor, me he dirigido al bar. Allí estaba Juan, con aire meditabundo ante una cerveza y un plato de cacahuetes. En cuanto me he sentado me ha dicho que tenía algo que contarme, que sentía mucho tener que utilizarme de paño de lágrimas, pero que yo era la única persona que él pensaba que iba a apoyarle. Yo le he dicho que había percibido que le pasaba algo, pero que no había querido ser indiscreto, y entonces él me ha respondido que esa actitud mía tan respetuosa le demostraba que yo era la persona indicada para escuchar su historia.

Ha sido entonces, hace apenas un par de horas, cuando me ha sorprendido de verdad. Jamás en la vida me hubiera podido imaginar lo que he escuchado sentado en esa mesa. Resulta que Juan no está ni ha estado nunca liado con Ana. Sin embargo, sí es cierto que han tenido varios enfrentamientos a raíz de algo que ha descubierto ella recientemente.

Juan, mi amigo Juan del gimnasio, era hace no mucho tiempo una mujer. Él siempre sintió que su cuerpo y su DNI estaban equivocados así que hizo todo lo que estuvo en su mano por cambiarlo. Cuando se trasladó a este barrio y se inscribió en este gimnasio, él ya era, física y legalmente, Juan, por lo tanto no tuvo que dar ninguna explicación en cuanto al papeleo o a la utilización de los vestuarios. Todavía no sé muy bien cómo, pero Ana, la chica de la recepción, se enteró de que Juan antes era una mujer y se le metió en la cabeza que no era correcto que él usara los baños y los vestuarios destinados a hombres.

Sobre este asunto es sobre el que estaban debatiendo día sí y día también y esta era la razón por la cual Juan estaba tan cabizbajo.

A mí la actitud de Ana me ha parecido absolutamente vergonzosa y así se lo he trasladado a él. Le he recomendado que hiciéramos algo juntos para luchar contra esa falta de respeto y hemos decidido: en primer lugar, reunirnos con la propietaria del gimnasio, que no es Ana, y contárselo todo de cabo a rabo para que tomara las medidas pertinentes; y, en segundo lugar, trasladar el asunto a la prensa y darle difusión para hacer pública esta tremenda muestra de intolerancia.

Juan ha salido del bar más tranquilo y yo con el convencimiento de que, aunque vayamos por el buen camino, aún queda mucho trabajo que hacer.